外国动物童话故事

Waiguo Dongwu Tonghua Gushi

潜鸟的故事

Qianniao de Gushi

粟周熊 | 编译

華中科技大學出版社
http://www.hustp.com

图书在版编目（CIP）数据

潜鸟的故事 / 粟周熊编译. — 武汉：华中科技大学出版社，2017.9

（熊虫故事会）

ISBN 978-7-5680-3214-8

Ⅰ. ①潜…　Ⅱ. ①粟…　Ⅲ. ①儿童故事–作品集–世界　Ⅳ. ①I18

中国版本图书馆CIP数据核字（2017）第181434号

潜鸟的故事

Qianniao de Gushi　　粟周熊 编译

策划编辑：郭善珊
责任编辑：陈锦剑
封面设计：张紫微
责任校对：北京佳捷真科技发展有限公司
责任监印：朱　玢
出版发行：华中科技大学出版社（中国・武汉）　电话：（027）81321913
武汉市东湖新技术开发区华工科技园　邮编：430223
录　　排：北京欣怡文化有限公司
印　　刷：北京印匠彩色印刷有限公司
开　　本：787mm × 1092mm　1/32
印　　张：7.75
字　　数：104千字
版　　次：2017年9月第1版第1次印刷
定　　价：32.00元

致小读者

亲爱的小朋友，你喜欢听童话故事吗？喜欢读童话故事吗？我想，你的回答一定是肯定的：喜欢。因为美丽的童话故事正是为你而编写的呀！从你咿呀学语就开始听妈妈讲童话，到你上学识字时又自己读童话，不用说，你肚子里已经装了许许多多绚丽多彩的童话故事，兴许你的小书架上还摆满了各种各样装帧精美的童话故事书呢！而你本人说不定已经是一个讲故事的能手，并在那奇妙的童话世界里找到了自己的朋友：或英俊潇洒的王子，美丽善良的公主，或正义无畏的勇士，解救好人于危难的仙女……

不过，我今天要向你介绍的这部童话书里却没有你以前结识的那些朋友。展现在你面前的将是一个完全不同的全新天地——外国动物童话世界。通过这本书，你将漫游世界各国，欣赏奔腾不息的河流，巍峨耸立的高山，幽深的森林，茫茫的草原，领略大自然的慷慨博大和它那迷人的旖旎风光；你将在这里结识好多新朋友：各种珍禽异兽。它们将会十分热情地欢迎你，跟你谈心，教你知识，同你一起远足，爬山，参加各种比赛，甚至带你飞上天空……它们也像我们人类一样，在这片广阔的大地上生息、劳作、交往。它们会讲话，会唱歌，还会跳舞。它们有着各自的喜与悲，爱与憎，还有辨别其真善美与假恶丑的本领。

一般都认为兔子胆小怯懦，而在这里，有的兔子却像勇士一样无所畏惧，用自己的智慧吓跑林中之王——老虎；聪明的公鸡巧施妙计，骗过狐狸，幸免一死；苍头燕雀制服皇帝，使他从此再也不敢欺压劳动人民……不过，我还得提醒小朋友一句，书中的这些动物并不全都那么善良可爱，譬如，凶狠的胡狼，好忌妒的猫头鹰，以及教狼钓鱼的坏狐狸……

小朋友，你不觉得这个动物童话世界奇妙、有趣而令人神往吗？我相信，你一旦踏进这个动物世界的缤纷天地，定会感到目不暇接，流连忘返……

愿这本书给你智慧，给你力量，给你胆魄，伴你茁壮成长。

编者

目　录

潜鸟的故事

（俄罗斯）

据老人说，从前没有陆地，所有的飞禽走兽都住在一块特大的冰上，这块冰在大海里漂来漂去，谁也说不出它将漂向何方。大家都在无忧无虑地打发日子，又是唱又是跳，什么也不想知道，也不爱往坏处想。但是冰块一天天在融化、破碎，最后到了鸟兽们要被海水吞没的一天。

这时，年纪最大又最精明的熊爷爷，把冰块上的所有居民召集在一起，对他们说：

“咱们到底还是要淹死了。”

“是要淹死了，”众鸟兽表示同意，“冰块已经很小了。”

“也许还能对付过去吧？”鹿兄弟说，“因为到现在咱们也还是好好的嘛。来，咱们最好还是尽情地跳舞吧！”

“跳够了！”熊爷爷说，“咱们得想一个求生的办法。”

“是得想个办法！”全体飞禽与走兽一致赞成。

“但想个什么办法呢？”熊爷爷用爪子托住腮帮子问。

小鼠彼斯特鲁什卡爬上浮冰，尖声尖气地说：

“要是冰块上没有大家伙，我们这些小个头完全可以无忧无虑地再待上好些日子！”

“你快说该采取些什么措施吧！”熊爷爷说，“我听不懂你这是什么意思。”

“我是说，要是你们这些大家伙能离开，那我们这些小个头还可以无忧无虑地待上好长时间。”

“那我们这些大家伙该上哪儿去？”熊爷爷感到莫名其妙。

“自己看着办吧，”小鼠一声尖叫，“又不是小孩子。”

熊爷爷气坏了，据说差点儿没哭出来。

“好吧，我可以淹死，”他说，“要是这样能救大伙儿的话。”

“不！”北极狐兄弟叫起来，因为他非常喜欢熊爷爷。“今天熊爷爷淹死，明天就该轮到你这个傻老鼠了！

你们看，冰块在一天天变小，得想出一个可以救大家的办法才行！”

然而，谁也不知道该怎么办好。

这时，熊爷爷又说：

“很可能海水下面有些硬的家伙。最好能下去把它取上来粘成不化的东西。”

“对，对！”飞禽与走兽们齐声喊，“只是咱们得给那‘不化的东西’想出个名字来。”

“是啊，没有名字不行，”精明的熊爷爷表示赞同，“咱们就叫它‘土’吧，怎么样？”

“对，对！”大家欣喜无比。他们还不知道把土取上来有多难。

“咱们怎么去取呢？”熊爷爷陷入沉思。

“我知道！”雪鸦飞上浮冰群，叽叽喳喳地叫了几声。他摇摇尾巴，擦擦喙，等大伙儿安静下来。“得去求求太阳！请他把海水晒干，土就露出来了。”

“万岁！”飞禽与走兽齐声高喊，“对极了！”

“太阳暖洋洋的！”雪鸦尖声尖气地吱吱叫着，“我非常喜欢太阳！”

“我也喜欢，我也喜欢！”众鸟兽齐声高喊，“我们都喜欢太阳！”

于是，他们去求太阳。

太阳听完鸟兽们的请求，驾着五彩金光，慢腾腾地向他们走来。

熊爷爷彬彬有礼地向他表示问候，说：

“太阳兄弟，请您救救我们吧。冰块已经很小了。您要是不太为难的话，请快去把海水晒干，好让我们得到土。”

“我很快就去把海水晒干，”太阳回答说，“只是我还得再靠近一些……”

可是，当他靠近以后，冰块融化得更快，使坐在边上无所事事瞎晃腿的狼大叔一下子掉进海水里，发出一阵嗥叫。据说，正是从那时起，狼便养成了习惯，一有情况就大声嗥叫。

“哎呀，您走吧，您快走，请您走开好了！”众鸟兽异口同声喊道，“您这是在害我们啊！”

“我马上走。”太阳满肚子委屈，“你们这些娇生惯养、又蠢又胆小的家伙！真是一点儿苦也吃不了！”

这时，狼大叔费了好大劲才爬上没有融化尽的冰块，全身一抖。

“啊呀，水实在是太冷了！”他全身不停地哆嗦。

“咱们现在该怎么办？”熊爷爷问。

“得——得去请——请风来！”狼大叔冷得直发抖，“叫他来把海水刮走，土就露出来了。风是不会把冰块吹得融化的。”

“对，对！”众鸟兽齐声说，他们去请风来帮忙。

“我去——去！”风喊道，“我去把海水赶跑！”

海上掀起了大浪，冰块发出噼噼啪啪的破裂声，海水一阵阵涌来。

“哎呀，您走吧，您快走，请您走开好了！”众鸟兽异口同声地喊道，“我们宁愿待在冰块上冻得浑身发抖，也总比淹死强！”

“你们反正也得淹死！”风说道，“因为你们一个个都是那么娇生惯养，又胆小又愚蠢。”

说完，他去驱赶乌云了。

“太阳和风都无能为力。”熊爷爷闷闷不乐。

“白请他们了！”狼大叔哭哭啼啼地直抱怨，“他们只是帮倒忙！这样一来，冰块更小了！”

这时，鸟兽们互相挤着待在已经变得很小的冰块上，不知如何是好。

“我就说过，”小鼠彼斯特鲁什卡吱吱叫道，“最好让所有大兽跟太阳和风一起滚蛋！”

“你要是再叫，”北极狐兄弟说，“小心我把你吃了！”

那个时候还没听说有谁吃谁的先例，谁也不知道那是怎么回事。

“啊呀呀，太糟糕了，太糟糕了，太糟糕了！”狼大叔大嚎起来。

“哭能有什么用？”熊爷爷说，“要是太阳和风都办不到，咱们就自己下去把土取上来好了。谁下水？谁勇敢？”

“哎哟哟！”狼大叔大声哭诉说，“我是很勇敢，不过我已经下水过了。”

“好吧，”熊爷爷说，“我下去。”

说完，他潜入海浪之中。

大半天都没见他出来。

一直跟随其左右的北极狐兄弟甚至哭了。

但这时海水沸腾起来，熊爷爷的脑袋露出水面上。

“没取到。”他又打喷嚏又吐唾沫，说，“很可能下面什么土也没有，看来咱们是白想出了这个名称。”

可怜的鸟兽们一个个流下了伤心的泪水。这是明摆着的事：谁又愿意去死呢！

“难道太阳和风都说对了？”熊爷爷咆哮起来，“咱们是太娇生惯养和贪生怕死了？”

“不，咱们并不娇生惯养，也不贪生怕死！”鸟兽群中不知是谁咯咯地叫了两声。

“那么你们谁是不怕死的硬汉？”熊爷爷问，“请站出来呀！”

“我！”一只小小的灰色潜鸟从那些大家伙身后探出头来。

“是你？”众鸟兽极为惊愕。这只小鸟居然如此厚颜无耻，引起一阵骚动，冰块都差点儿被弄翻了。

“你是不是想说，你比太阳还厉害？”雪鸦叽叽喳喳地叫了几声。

“也许你比风还厉害？”狼大叔一声吼，也不知是因为冷，还是因为很气愤，只见他上牙直打下牙。据说，狼就是从那时候起落下了这个毛病，一遇事便上牙打下牙。

“也许你比我还厉害吧？”熊爷爷向来都是以沉着和通达著称，这次也憋不住吼了起来。

“你比老爷爷还厉害？”北极狐兄弟气不打一处来，“你呀，一只灰不溜丢的大傻鸟！他还比谁都厉害！你就待着吱吱地叫唤吧！汪——汪——汪！”说完，他还扽了扽潜鸟的小尾巴。

小小的灰色潜鸟走到冰块边上，一声不响地潜入海里。

大半天也没见他出来。

太阳躲了起来，风平息了。四周围显得相当平静，海浪也不再翻腾。

鸟兽们不时望望映着他们脸孔的海水，都不敢动一动，担心冰块翻了。

“怕是淹死了吧？”熊爷爷叹了口气。

“大概是水压太高把他挤死了。”狼大叔表示赞同。

“他虽说小，但很勇敢，”雪鸮吱吱叫，“我真不该这么气冲冲地朝他嚷！”

“是啊，我不该扽他尾巴，”北极狐兄弟叹了口气，“他要是没淹死，我以后再也不扽他的尾巴了。”

光滑如镜的海面上先是冒出几个水泡，然后是血。

“挤死了，”狼大叔叹了口气，“这真是太糟糕了！”

不过且慢。就在刚才冒出水泡的地方，突然露出了那只小小的灰色潜鸟，他在水面上漂来荡去，嘴里衔着一小块带草的土。血顺着他的脖子流淌。不过谁也没看出这一点。

“万岁！万岁！”众鸟兽齐声高呼，“有土！”

潜鸟把那块宝贵的土放在冰块上，说：

“不过这还很少，还得再潜入水去。”

说完，他又潜入水下，再次把土衔上来。所有的飞禽与走兽用他衔上来的土粘成一个大土块。这可是个艰苦的工程。你们要是不信，不妨去试试好了。

鸟兽们终于得救了。北极狐这时才发现潜鸟脖子上的血，那是由于潜水太深的缘故。他想用爪子擦去潜鸟脖子上的血，但无济于事，红印怎么也擦不掉。据老人们说，就是从这个时候起，人们开始把小小的灰色潜鸟叫作红嗉子潜鸟。而且他的所有子孙生下来脖子上就带着红印。这样一来，所有的飞禽与走兽，以及后来的人，听说这个故事以后，一致达成协议：任何时候都不许欺侮红嗉子潜鸟，所以直到今天，他也没有一个敌人。他可以任意飞，任意游，谁也不惊动他。

就从土块粘成的那天起，小鼠彼斯特鲁什卡的日子便不好过了。无论是狼和狐狸，还是白鼬，尤其是北极狐，大家都想把他逮到手。这还不算！就算是只吃地衣和草的鹿，只要碰上小鼠，也不会放过他。

熊爷爷从那时起一直住在冰天雪地里。他全身变得雪白，成了一头白熊。据说，他见了潜鸟也怪难为情的，因为他曾朝潜鸟吼过。因为不管怎么说，潜鸟到底是真正的英雄。他这个英雄比太阳、比风，甚至比熊爷爷都有能耐。

熊爷爷现在孤身一人住在浮冰群上，只有北极狐兄弟没忘了他。北极狐到处跟着他，捡他吃剩下的东西果腹，因为北极狐的饭量本来就不大嘛。

赴汤蹈火的乌鸦

（格鲁吉亚）

林边的一块地里，有上百名农夫在锄玉米。地中间有一棵高大挺拔的桑树，农夫们就坐在树下休息。炙热的火堆上架有一口锅，锅里煮着肉。一条粗大的蛇偷偷爬上桑树去吃那些香甜可口的桑叶。农夫们往火里加了一些木柴，然后又锄地去了。可这时蛇待着的那棵树枝被烧着了，于是蛇扑通一声掉进咕噜咕噜烧开的锅里。

当时桑树上还有一只乌鸦，他看见蛇掉下去了，马上扯开嗓子哑哑地叫起来，叫了整整一天。农夫们听见预言家在叫个不休，便一股劲儿地骂。等锄完一块地，他们都回到桑树下，围着火堆坐下来。

这时，乌鸦在想："他们要是吃了锅里的肉，就会统统中毒死去，最好还是我来做个自我牺牲吧！"说时迟那时快，只见他飞快地从上面扎下来，一头栽进锅里。

“都怪这死东西，”人们骂道，“让我们干了一天活想吃一口东西也不成！”结果谁也没去吃那锅里的肉，端起锅来便往外倒，心想让狗去吃好了。他们正倒着，发现从锅里倒出一条特别粗大的蛇。这时，他们才意识到，是上帝派乌鸦来救了他们的命，要不然他们全完了。

自命不凡的乌鸦

（白俄罗斯）

秋天里，一只乌鸦有一次呱呱大叫起来。

“随你们的便，”她对女友们说，“我可不能整个冬天待在这里等着冻死。我不像你们那么傻！”说着，鼻子朝上一翘。

“那你有什么打算呢,你这个小聪明？”女友们问她。

“漂洋过海去，听说那边没有冬天。”

“那好呀，”女友们一齐点头称赞，“祝你一路顺风。我们就凑合在家里过冬了。”

乌鸦收拾好上路需要的衣服，便向海外飞去了。

她飞呀，飞呀，突然看见下边已不再是水面，而是绿油油的土地，一轮暖烘烘的太阳在空中闪耀。

“好呀，”乌鸦想，“我就留在这里。”她落在一株高高的树上，想找个地方弄点什么东西吃——一路上实在太饿了。

乌鸦看到一群海外的鸟。

“你是只什么鸟呀？”他们问她，“我们在这一带从未见过这种鸟。你是夜里唱歌挺悦耳的夜莺吧？都说他有一副银铃般的好嗓音。”

“也许吧，也许吧，”乌鸦并不否认，“是啊，我是半夜里唱歌的夜莺。”

她私下里却思忖:“怎么，难道我唱得不如夜莺好？为什么他就如此受欢迎？”

海外的鸟欣喜若狂。

“半夜里唱歌的夜莺，那你给我们唱一支歌吧！”他们请求道，“让我们也听听。我们很想听听你那副金嗓子。”

乌鸦仰起头，放开嗓子呱呱叫了起来：

“呱——呱！呱——呱！嘎，嘎！我是半夜里唱歌的夜莺！”

众鸟面面相觑，赶紧用翅膀捂住耳朵。“哪有这样的夜莺，去它的！”他们咬着耳朵说，“她唱得还不如癞蛤蟆好听……”

最后，他们终于忍不住了，扑向乌鸦，啄她，撞她，几乎把她的羽毛都拔得精光。

“你带着你的歌滚蛋吧！”众鸟叫着，“我们不想听你唱！”

乌鸦从众鸟中挣脱出来，赶紧飞回家。

春天很快到了。河面上冰块已经消融殆尽。乌鸦不想再回到村里去找那些女友，独自飞到一条小河边，落到白桦树梢上，留心看有没有鱼儿游到水面上来。她看见了一只虾。哼，她饥饿时可是水火无情，逮不到鱼的时候她把虾看成了鱼。她逮住一只虾，正打算咽下去，可听见虾甜言蜜语地说：

“这下子可好了，没有落到黑不溜秋的寒鸦或白嘴鸦的嘴里，却正好让你乌鸦太太逮住。我真是福星高照啊！你简直是太漂亮了。你的灰色羽毛，太阳一照都放光！你的嗓子比夜莺要强千万倍！你只要一开口，全世界都能听得清清楚楚！我不止一次待在自己的黑屋子里，听你那美妙的歌声都听得入了迷。乌鸦太太，我多想再听你唱一次啊。”

“是啊，是啊！”乌鸦被夸得好不得意，呱呱地叫了两声，“只是海外那些傻乎乎的鸟要轰我走。那你就再听一次吧！”

于是，乌鸦放开嗓门唱起来：

“呱——呱！呱——呱！我不是一只普通的乌鸦！我可是只名扬四海的乌鸦！我是一名歌星太太！”

她唱完这支歌，一看，虾早已不见踪影。

这样一来，这只自命不凡和饥肠辘辘的乌鸦只好向垃圾坑飞去。

鸡冠鸟的故事

（波斯）

从前，森林里有一只鸡冠鸟，他在树上为自己搭了个窝。

有一次，他心血来潮，很想出去看看城市到底是个什么模样。

他飞到城里，在高高的城墙上落下，便开始啾啾地叫。孩子们听见是鸡冠鸟在叫，决定张网捉他。

孩子们在忙着张网，鸡冠鸟却还在那里满不在乎地笑个不停。正好这时一个贤哲从那里路过，他问鸡冠鸟：

“你在笑什么呀？”

“笑那些孩子太傻，”鸡冠鸟回答说，“他们张好网要捉我，可我要是飞起来就算是地底下的水也能看清啊。他们以为我看不见他们呢！”

“你别高兴得太早了，”贤哲说，“而且不要傻笑，要不然你会落进网里的。”

至于孩子们呢，他们张好了网，其中一人说：

“网里没有诱饵不行。没有放诱饵的网，鸟是不进去的。”

于是，他们又去弄诱饵。他们找来了螽斯[①]和蚯蚓，往网里一放便走开了。鸡冠鸟从墙上下来，很想美美地饱餐一顿那只螽斯和那条蚯蚓，把网的事全忘光了。他就这样被网扣住了。孩子们跑来，捉住了鸡冠鸟，在他的腿上拴根绳子，用这根绳子拉着他走。正好那个贤哲这时回家又路过这里，他看见孩子们捉住了鸡冠鸟，还在鸡冠鸟的腿上拴了根绳子。

他走过去说：

“喂，鸡冠鸟！你不是笑这些孩子太傻吗？你说过：‘我能看清地底下的水，难道就看不见他们张的网？’”

鸡冠鸟回答说：

“这都是真的。就是贪婪的魔鬼用他的巴掌遮住了我的视线，使我失去了理智，话都不会说了。他用两个

① 螽斯：昆虫名。体多为草绿色，触角细长，雄性能振翅发声，对农作物有害。

手指捂住我的眼睛，我便看不见网了。他用另外两个手指捂住我的耳朵，我便听不见贤哲的话了。他又用一个手指捂住我的嘴，好让我不去向别人讨教。贤哲啊，我求你，救救我吧。”

贤哲把孩子们叫到跟前，说：

“孩子们，欺侮一只无辜的鸟是不道德的，你们最好还是把他放了吧。”

孩子们放了鸡冠鸟，他便飞回森林中去了，一直到今天还在那里飞来飞去。

人与鳄鱼

（苏丹）

很早很早以前，所有的动物都会说话，有只鳄龟在大沙漠里睡着了。月光似水，而且月亮是在他的前方；可等他睡着以后，月亮就落到了他的后面。鳄鱼一觉醒来，便朝着有月光的方向爬去，还把一条白色的沙带看成了河。他爬呀，爬呀，一直爬到一片沙漠的中心地带。

正好这时，有个叫穆赫塔尔的人骑着骆驼从沙漠里路过。鳄鱼看见了他，央求道：

“带上我吧！你要是做了这件好事，把我带到河边，你有什么要求都可以向我提出来！”

穆赫塔尔回答说：

“我对你只有一个要求。你要是能答应，我就送你到河边去；你要是不答应，我就让你死在这沙漠里！”

“你说吧，只要是你的要求，就算是最苛刻的，我也会满足你！”

“你从今以后不许再吃人！”

于是，鳄鱼当场发誓说他以后不再吃人。穆赫塔尔把他抱起来，让骆驼驮着他，把他送到河边。穆赫塔尔的骆驼去饮水，鳄鱼突然一下子咬住骆驼，要把他吃掉。穆赫塔尔意识到自己是在引火烧身，连忙喊：

“你怎么能以怨报德呢？我把你从沙漠里送到河边，可你却要吃掉我的骆驼！”

鳄鱼回答说：

“这是我的骆驼，我骑着他从沙漠来到河边，现在想把他吃掉！你要是有意见，咱们可以去找母牛，由她来给咱俩判这个官司！”

穆赫塔尔同意。他俩去找到母牛，说明了情况。老母牛说：

“人是最不公正的！你们看吧，所有这些母牛、公牛和牛犊，他们都是我的儿孙，可我的主人天天都打算把我卖给他的乡亲。他不愿让我老死，而是想把我宰了吃肉。所以你呀，鳄鱼，把骆驼拿去自己受用吧！”

鳄鱼都已经要去咬骆驼了，穆赫塔尔忽然看见有个人在很多人的簇拥下向河边走来。穆赫塔尔问当地居民那些是什么人。人们告诉他说，来的人是当地的卡基[1]。于是穆赫塔尔对鳄鱼说：

“你把我们的事说给动物听，而我却想说给人听。咱俩去找那位卡基吧，去向他说说咱们的事。”

鳄鱼没有异议。他俩找到卡基，说了他们的官司。

卡基表示不相信穆赫塔尔，说：

“这不可能！你这是撒谎！难道是你把鳄鱼从沙漠弄到这里来的？”

卡基问鳄鱼：

“是这个人把你弄到这里来的？”

“是的，是他。”鳄鱼回答说。法官又问穆赫塔尔：

“你是怎么把他弄到这里来的？”

“是骆驼驮来的。”

法官说：

“除非我亲眼看见你是怎样让骆驼驮鳄鱼的，否则我不相信你的鬼话！”

鳄鱼说：

---

① 即法官。

“我同意。你把我弄到骆驼背上去吧，免得法官不相信你。”

穆赫塔尔把鳄鱼绑在骆驼背上……

“这下子好了，”法官说，“你再把他送回沙漠去！就送到你救他的地方去……对那些以怨报德的家伙就不能心慈手软……”

鳄鱼马上求饶，一直求穆赫塔尔开恩，还流出了伤心的眼泪，发誓以后不再骗人，不再动他们和他们家畜的一根毫毛……

他这一番忏悔还果真把穆赫塔尔的心说动了，于是，他把鳄鱼放了……

不过，这大概也是枉然，因为鳄鱼的眼泪从来一文不值……

蜜蜂与蜂鸟

（安哥拉）

有一次，蜜蜂的儿子病了。蜜蜂着急，跑去找巫医。她很希望巫医能给她药，让她治好儿子的病。巫医冲着灵验的辟邪物念念有词，最后说：

“只有蜂鸟能治好你儿子的病。你快赶到她那里去，求她从翅膀上拔根羽毛给你。你拿到以后，放在容器里，加水进去，煮一段时间，然后每天用这种水给你儿子洗澡，他的病会很快就好起来的，用不了几天就会痊愈。”

蜜蜂听了巫医的话，马上跑到蜂鸟家，求她给一根羽毛。

“你要是不给，我的儿子会死去的……”

蜂鸟二话没说，从右边翅膀上拔下一根羽毛，交给了蜜蜂，说：

“拿去给你儿子治病吧！我们当母亲的看到孩子有

病心里格外难受。为了孩子，我们什么都不吝惜。”

蜜蜂没听见蜂鸟最后那句话。她急着去给儿子治病，因为稍有耽搁即意味着死亡。

她飞回家，马上遵照巫医的嘱咐去办。她刚用这种水给儿子洗过澡，儿子顿时就变得好了一些。她一连八天都在给儿子治疗。最后一天晚上，蜜蜂的儿子的病便完全好了。

过了几个月。这次轮到蜂鸟的儿子病了。蜂鸟飞去找巫医。

巫医冲着灵验的辟邪物念念有词后对蜂鸟说：

“只有蜜蜂能治好你儿子的病。你快到她那里去，求她给你一只翅膀，你拿到后当即放进容器里，加水进去，煮一段时间，然后用这种水给你儿子洗澡，直到痊愈。”

蜂鸟不敢耽搁，急急忙忙跑去找蜜蜂，相信她不会拒绝，肯定会帮这个忙。但是蜂鸟大失所望。当她开口向蜜蜂要只翅膀时，对方气冲冲地回绝了她：

“你怎么能向我开口要呢？这么说来，为了救你儿子，我得牺牲自己的性命？！”

“你说什么？”蜂鸟十分惊讶，“你儿子生病的时候，你来找我要羽毛，难道我没给你？为什么你就不能以德报德？”

“我很感谢你为我做的一切。请你相信，我为不能满足你的请求，心里也很不是滋味。但是我想，你要真是那么心地善良，就不会眼巴巴地看着我死去，为了救你的儿子，让我的孩子失去母亲。你给过我一根羽毛，帮了我的大忙；但是，你翅膀上这种羽毛很多，你还能飞。如果我向你要一只翅膀，你会给吗？我想你不会。再说，我也不会提这种要求。我们自己做不到的事，也不应要求人家做到嘛！”

“原来是这样，”蜂鸟回答说，“我给你药，你治好了儿子的病。可你却不愿意帮我儿子的忙，反过来还责怪我。我告诉你，要是我儿子的命没能保住，那你永远别想有安生的时候，不管你在什么地方，我都要领人去捣你的窝，弄走你的蜜。”

也该蜜蜂倒霉，蜂鸟的儿子死了。这就是蜂鸟至今还信守自己的誓言，领人去找到蜜蜂的窝，让他们取走她那些装满蜂房的香喷喷蜂蜜，让她的家永远无宁日的缘故。

青蛙为什么没有尾巴

（非洲）

很久很久以前，所有的动物都欺侮青蛙，因为他没有尾巴。“没长尾巴的，你近来好吗？”一见面他们就气青蛙，“唉，你呀，没长尾巴的！”他们在青蛙背后大声喊。

青蛙很生气。只要能有条像别的动物那样的尾巴，不管付出多大的代价他也心甘情愿。

“你去求求万能的尼雅玛[①]嘛。”母牛给青蛙出了个主意，“他是无所不能的。”

青蛙便去求尼雅玛。尼雅玛听完他的要求，说：“可以给你条尾巴！但是，你得答应为我看守那口永不干涸的水井。”

“好吧，”青蛙说，“我可以为您看守水井，不过您

---

① 非洲讲班图语的一些部族所信奉的天神。

得给我尾巴。”

“说给就给，拿去！”尼雅玛说完，随手递过去一条火红的尾巴。

青蛙终于有尾巴了。以后，动物们也就不再气他了。

分手时尼雅玛说：

“你要记住我的话，要保持水井的卫生，务必使过路人都能喝上一口甘甜清凉的水。”

“好吧，”青蛙回答说，“我会记住您的话。谁想要喝水，就让他到你的井里喝。”

他三蹦两蹦蹦到井边，开始执行守卫任务。

从此，青蛙就骄傲起来，端起架子来，简直到了目空一切的地步。这也难怪，因为他不仅有了尾巴，还给尼雅玛看守水井哩！

有一年夏天，天热极了，好长时间没下雨，四周的水井都没水了，只有尼雅玛的水井还有水，因为那口井最深。

青蛙更不可一世了，越发趾高气扬起来。因为，现在无论大动物小动物，所有的动物都有求于他。

第一个来找水喝的是水牛。青蛙听到他的脚步声，便呱呱地叫起来：

“是谁想来搅浑尼雅玛井里的水呀？”

“是我，水牛。”水牛回答说。

“快给我滚开！”青蛙又呱呱地叫了两声，“谁都来我这里找水喝。没水了，井干枯了！”

水牛气鼓鼓地走了。他没喝上水。

绵羊来到井边。青蛙听到他的脚步声，便呱呱地叫道：

“谁又想来搅浑尼雅玛井里的水呀？”

“是我，绵羊。”绵羊回答说。

“快给我滚开！”青蛙嚷嚷起来，“谁都来这里找水喝。没水了，井干枯了！”

绵羊伤心地走了。他也没喝到水。

母牛来到井边。

青蛙听到母牛向井边走来，唠唠叨叨地埋怨说：

“走开，走开！谁都来这里找水喝，没水了，井干枯了！”

母牛满面愁容地走了。她也没喝成水。

野猪、大象、狮子和羚羊来到井边，也统统被青蛙赶走了。谁也别想得到他的赏赐，喝口水解解渴。

所有的动物都去找尼雅玛告状：

“我们都快渴死了！您帮帮忙吧！看守水的青蛙不让我们喝水。”

“好吧，我去试试看。”尼雅玛说完，径直向井边走去。

青蛙听见有脚步声，便呱呱叫起来：

“是哪一个要来搅浑尼雅玛井里的水呀？”

“是我呀，尼雅玛！”尼雅玛口气严厉地说。但是，青蛙根本就不听对方的回话，习惯性地嚷道：

“滚蛋吧！谁都来这里找水喝。没水了，井干枯了！”

尼雅玛听完这些话，真的发怒了。

“我不需要你这样的看守！我的井里有的是水！”

尼雅玛抓住青蛙的尾巴，将青蛙朝一边扔去，青蛙的尾巴就留在他的手里了。

从那时起，青蛙就再也没有了尾巴。他倒是很想再给自己弄条尾巴，可尼雅玛再也不相信他了。

蛇和人

（俄罗斯托发拉尔）

很早很早以前，有个人日子过得挺舒心。有一次，他来到原始森林里，边走边哼着歌儿。忽然他看见前面有条小河，河岸上有一条蛇。这时蛇说起了人话：

“好人啊，请你把我送过河去！”

他瞅了一眼蛇，又看了看小河，心里想：

“蛇确实是过不去，那我就把他送过去吧！”

他把蛇放在肩上，过了河，到了对岸想把蛇放到地上，可事与愿违。蛇缠住人的脖子，要勒死他。人告饶起来了：

“我有什么对不起你的地方？你干吗要勒死我？”

“既然你没意识到，那咱们去问路上碰到的曾为你服务过的东西和动物好了。他们会告诉你要勒死你的原因。”

蛇虽这么回答，不过，人为不用马上去死也很高兴。他们上了路，看见路边有一床旧被褥。这床旧被褥是前不久这个人亲手扔的。他问被褥：

“你认识我，曾经为我服务多年。你说说，我有什么过错，为什么让我死？”

“是啊，我曾为你服务多年，”被褥说，“但我破了以后，你就把我当废物扔掉了。其实，你完全可以念及我多年的贡献，把我放在一个僻静的干燥地方，免得我被雨淋烂掉。你去死吧，我不可怜你。”

那人继续朝前走，蛇仍然缠在他脖子上。他们走呀，走呀，碰见一条快饿死的老狗。人对他说：

“你多年为我服务，打猎时候曾经是我的忠实助手。你说说，我都有些什么过错？为什么蛇威胁说要勒死我？”

“是啊，我曾为你服务多年，”狗回答说，“帮你捕猎过鹿、松鼠，拦截过野猪和马鹿，从熊瞎子手里救过你的命。可我老了，你就不再给我饭吃，把我赶出了家。你有罪，你该死。”蛇听了狗的话，把人的脖子勒得更紧了。

“你等等！”倒霉的家伙苦苦哀求，“咱们再问问其他的动物吧。”

他们再往前走，碰见了狐狸。

“我的过错在哪儿？”人问，“为什么蛇要勒死我？”

“在回答你的问题之前，我想知道一下，蛇是怎么到你脖子上去的？”狐狸问。

人说了他们怎样在河边相遇，又说了他们问被褥和狗得到的回答。狐狸听了以后说：

“现在你们从头演示给我看看！”

蛇马上爬回地上，蜷成了一团。这时，狐狸对人说：

“你现在该知道自己错在什么地方了。回家去吧，不过要记住：所有为你服务过的东西和动物，一旦用坏或老了，还需要得到你的同情与爱护。”

人低垂着头，不声不响地回家去了。在路上，他叫上狗，第一件事就是喂了狗一顿饱饭。他还把扔掉的被褥捡起来卷好，放到干燥的地方。

人从此牢牢地记住了这件事。

青蛙与蝙蝠

（安哥拉）

青蛙和蝙蝠都单身，他俩同住一个村，关系很不错。

有一次青蛙说：

“蝙蝠朋友，咱俩到邻村去玩玩吧，那里有很多姑娘，咱们一定会玩个痛快。”

“走吧，”蝙蝠表示赞同，“只是你得记住，我跟大伙儿坐在草席上很不方便。我得给自己挖个坑。行吗？”

“行。我呢，也请你记住，没有水我可不行，我的皮在太阳底下会干得很快。咱们要坐在岸边，紧挨着水。行吗？”

“行。”

哥俩来到邻村，认识了姑娘们，便在紧挨着水的岸边坐下来。姑娘们铺开席子，准备了好吃的东西来招待朋友。蝙蝠坐在自己挖好的坑里。他俩答应跟姑娘们跳一个通宵的舞。当蝙蝠有事离开一会儿时，青蛙占了他的坑。蝙蝠回来后想坐在原来的地方，却摔了个大马趴。姑娘们哈哈大笑，蝙蝠虽说心里很不痛快，但也跟着她们一起笑。

下一次，当他们再去姑娘那里做客时，大家照常又在河边坐下来。青蛙有事离开一会儿，蝙蝠马上把席子挪到离水稍远些的地方。青蛙回来，想在老地方坐下，可一看，席子不见了！姑娘们请他挨着她们坐下，但青蛙婉言谢绝。他说："我不能跟你们久坐，我得往皮肤上淋水。"姑娘们笑了。

"你呀！"她们说，"哪见过这么娇气的小伙子！"

青蛙和蝙蝠从此不再见面，也不再一同外出了。

这件事说明一个道理，我们应该彼此尊重自己伙伴的习惯。

为什么麻雀蹦着走路

（朝鲜）

从前，麻雀不仅飞得快，在地上跑得也快。但是，有一天，麻雀突然飞进王宫，这时宫里正举行盛宴。国王和大臣们围桌而坐，桌上摆满美味佳肴。麻雀一拍翅膀飞到窗台上，耷拉下脑袋，兴奋地吱吱叫着：

“多有意思的一伙人啊！啾啾！能看看这种酒宴真是无上荣光！”

这时，麻雀突然发现有只普通的蜜蜂，在国王的餐桌上爬来爬去，正忙着舔吃糖渣。

麻雀对这种无礼举动深恶痛绝。他大声喊叫起来：

“他是个强盗！他竟敢在国王面前享用这些山珍海味。冲他这般无理就该处以极刑！啾啾！”

蜜蜂回答说：

“你才是强盗呢！人们还没收走粮食，你就去偷谷粒！”

“可你在国王的餐桌上偷吃糖渣！”麻雀大声说，“你是强盗！这大家心里都明白！”

“我是在干——干活，我是在干——干活，”蜜蜂一直嗡嗡叫，“可你在剥削别——别人的劳动。”

他们争了很久，相持不下。

这时蜜蜂说：

“让人来帮咱俩评判吧，世界上就数他们最聪明。”

于是，他俩飞到邻近一个村庄，那里的一幢歪歪斜斜的老房子里住着一个穷苦的农夫。

农夫听了他俩的申诉，说：

“蜜蜂是对的。国王从不去考虑吃饭的事。什么事都有人替他去做。可农民呢，在收获之前还有许多活要干。这就是说，所有收获，就算是一粒粮食，也应属于农民。”

麻雀由于没占到便宜而很不高兴，无精打采地追赶那蜜蜂去了。

“唉，”农夫说，“你还真是个强盗呢！弄不好你还会啄死没有自卫能力的蜜蜂。我得想个办法，至少让他在地上不怕你。”

说着，他抓住了麻雀，把他的腿绑在一起。

所以，从那时起，麻雀总是蹦着走路。

两只小羊

（俄罗斯）

一天，雨后初晴，两只老山羊在深山里的一条羊肠小道上不期而遇。这条小道的一侧是悬崖，另一侧是深涧。 两只老山羊同时停下脚步。

“怎么办？”他俩都在暗自思忖。

突然，一只羊叫了一声，小心翼翼地趴下，让另一只羊从他身上迈过去。就这样，他俩都走过了这个绝地。

两只老山羊刚过去不久，又有两只小山羊在这里相遇。他俩跟老山羊不一样，谁也不愿给对方让路。

“你让我过去！”一只小山羊说。

“你给我回去！得让我先过去，是我先走上这条小路的！”另一只山羊来势更凶。

“我先过，我先过！”两只小山羊都要争着先过，谁也不肯退让。后来，他俩干脆支起细小的后腿，两个小脑袋抵在一起，双方都不肯示弱，犄角碰犄角发出喀嚓声响。

小路上湿漉漉的，两只打得正酣的小山羊脚下一滑，都掉到深涧去了。

猴子与乌龟

（菲律宾）

从前，有一只非常善良又有耐性的乌龟，他有很多朋友，其中就有处处只为自己着想的猴子。

一次，猴子找到乌龟，邀他一同到附近的一个村子去。乌龟二话没说，第二天早上便同他上路了。

猴子太懒，说是要少带些多余的东西，结果带了很少吃的。乌龟恰恰相反，带了很多。他劝猴子也多带一些，但猴子只是以笑作答。

离目的地还很远，可是五天后猴子带的食物便吃光了。善良的乌龟将自己带的东西分给他一部分，可没想到猴子太能吃，一下子全吃光了，回头又去跟乌龟要。他总是向乌龟要，结果乌龟对他说：

“你稍等一会儿吧，咱们也就刚吃不久嘛。”

猴子没作任何表示。他们又往前走，猴子突然停下来说：

“难道你不能走快一些？”

“不行，我背上驮的东西太重了。”乌龟回答说。

“那我来背吧，这样咱们就能走快一些。”狡猾的猴子说。

轻信他人的乌龟将自己驮的食物交给猴子，猴子马上跑起来，把乌龟抛在身后。

“你等等我！”乌龟冲他身后喊，尽量设法跟上。

但猴子只是回答：

“快跟上，别落下！”

猴子跑在前面不见影儿了，而乌龟还在气喘吁吁地跟在他后面爬。猴子爬到路旁的一棵树上，回头看了一眼自己的同伴。等确信乌龟还在后面很远的地方，猴子便开始吃从乌龟手里拿过来的食物。最后，乌龟也爬到了树的跟前，请猴子给他一些吃的。

“咱们再走一会儿吧，”好说谎的猴子说，“等到有水的地方咱们再吃。”

乌龟只好听从猴子的话，又往前爬。猴子再次跑到前边去，又爬上一棵树，把余下的那一小部分食物也吃光了。

“你为什么落后那么远？”等乌龟上气不接下气地赶到那棵树前，猴子问他。

“因为我肚子饿，实在没力气爬得快，”乌龟回答说，“给我一点儿吃的吧！”

“我什么也没剩下，你带得太少。我都吃光了，还是饿。”

猴子说。

饥肠辘辘的乌龟不声不响地跟在猴子身后向前爬去。在路上，他们遇到一个猎人。猴子一发现猎人，眨眼间便爬上树，乌龟却一时找不到地方藏身，被猎人捉住了。猴子看见猎人带走乌龟，还笑话他呢，可是猎人对乌龟起了善心，把他带回家后，将他拴在一棵椰子树下，每个小时都给他喂食。

有一次，猴子偶尔来到猎人家门前。他看见自己的朋友被拴在树下，便开始取笑他，但一听说每小时都有人给乌龟喂食，又开始羡慕了，到了夜里，趁着猎人睡得正酣，他找到乌龟，求他说：

“让我替你待在这里着吧！”

“不，我在这里很好。”乌龟回答说。

但是猴子一再求他，乌龟只好同意。猴子把乌龟解下来，把自己绑上去。乌龟称心如意地爬走了；猴子也很得意，自以为骗过了乌龟，正在迫不及待地等着清晨的到来，心里就惦着猎人给他送来吃的。

猎人早早醒来，朝窗外瞥了一眼，发现椰子树下有只猴子。他以为是猴子来偷椰子，便一枪打死了他。

结果是：轻信和善良的乌龟得救了，好说谎的猴子却丧了命。

忘恩负义的羚羊

（非洲）

羚羊特罗和大树科佐原来是一对形影不离的好朋友。他们当时关系很好，也是有点来由的。

特罗经常得靠快速奔跑来逃脱猎人和猛兽的追捕。他高高的个子，犄角又长，走到哪里都很惹眼。

有一次，经过一段长途奔跑以后，羚羊困倦不堪地来到树下休息，向大树诉说了自己的不幸。

“老弟，”科佐说，“我知道怎样才能保住性命。你只要觉得有危险，就赶紧躲到我的枝叶底下来吧。你看，我的树枝又大又长，几乎都要垂到地上了。藏到里面谁也看不见你。”

特罗对大树深表感谢。从此，他常常在自己朋友的可靠庇护下得以逃脱敌人的追捕。在大树的遮盖下，不管是人还是野兽，都不会发现特罗，他藏身在这里感到很安全。

一天早上，羚羊饿极了，竟突然吃大树的叶子。

“你这是干什么呀,倒霉鬼！”科佐大声喊起来,“我给了你避难的地方，你就这么报答我？”

特罗什么话也没说，只顾一个劲儿地撕树上的绿叶吃。

以后每天都如此。这些树叶竟使羚羊胃口大开，他几乎吃光了所有能够得着的树叶。

过了几天，有个猎人从这里路过，一眼看见了羚羊。他在大树下睡得可香了，又没有树叶遮盖他。猎人举枪瞄准，砰的一声打死了羚羊。

忘恩负义的羚羊就这样断送了性命。

贪嘴的狗

（安哥拉）

大家想推举狗当皇帝，弄来了所需的一切：帽子、权杖、戒指和红棕色毛皮。各部落的首领在指定的那天集中到了一起。还派人去请来了鼓手和弹班卓琴的琴师。大家在皇帝即将登位的地方铺上粗席子，再往上面铺上细席子，再往细席子上面放把椅子，并说：

“请至高无上的皇上就位！”

狗在椅子上就座。可这时碰巧正开始发吃的东西。狗一看见有肉，马上从椅子上跳下，抓走一块胸排，溜进树丛。

大家困惑莫名，说：

“这是怎么回事，我们要让他当皇帝，他却抢了一块胸排，躲进了树丛！”

大家只好各自回家。

狗本来可以当上皇帝，只可惜贪嘴坏了事。

为什么蛇死的时候肚皮朝天

（非洲）

蜘蛛有一次急用钱。他去找四邻借，谁也不愿意借给他，因为他名声不好。后来，他去找了豹、母象，也都吃了闭门羹。他又去找了珠鸡、乌龟和老鹰，还是借不到钱。于是，他便到很远的一个村子里去找蛇。蛇如数借给他，要他二十一天后还。

等过了二十一天，蜘蛛还找不到钱还账，不知怎么办好。他到菜园里挖了一篮子山药，放在头上送到蛇家里。

"已经到了还账的时间，"他说，"但问题是，过两天或三天我还是没钱还你。我求你行行好，再宽限几天吧。现在嘛，为了表示我的歉意，先给你送来一些山药。"

蜘蛛对蛇说了不少好话，蛇同意宽限三天。

蜘蛛给了蛇一半山药，蛇跟朋友们一同吃了。蜘蛛把他那一半留在篮子里。

蛇很好客，留蜘蛛在家里过夜，蜘蛛便留下来了。

到了大半夜，蜘蛛偷偷爬起来，神不知鬼不觉地溜出了门，将自己那份山药拿出来藏在树丛里。

回来以后，他将空篮子放在房前，自己又进屋去躺下睡觉。

早上他走出蛇的家门，问他：

“我的山药在哪儿？”

但蛇对山药的事一无所知。蜘蛛拿起空篮子回家去了。他去找头领，说有人偷了他的山药。

这一消息弄得人心惶惶，大家都在议论这件事：

“这个居然敢偷举止如此高尚的蜘蛛的东西的贼到底是谁呢？”

头领把所有的野兽都叫来询问，一心想查出谁是小偷。各村的野兽都到了。这时，蜘蛛说：

“只有一个办法能查出小偷。我有一把魔刀。我用它在今天到场的所有野兽身上都划一下，没偷东西的就不被划伤，只会划伤那个小偷。”

这时，所有的野兽都依次从兽群里站出来接受检查。

第一个接受检查的是珠鸡。只见蜘蛛用刀朝他的羽毛上一划，但用的不是刀刃，用的是刀背。接下来他对乌龟、兔和其他野兽也用这个方法。这些野兽连划痕都没落下。最后轮到蛇，他说：

“我也想接受检查。”

但蜘蛛不干。

“不！”他说，“你借给我钱，怎么会偷我的山药？这是不可思议的事！”

但蛇一再坚持，说：

“我应该接受检查。你的山药被偷时，你正住在我家。其他所有的野兽都经过了检查，我也应该证明自己的清白。”

蜘蛛反复说，这是多此一举，但蛇一再坚持，要求也消除对他的怀疑。

“那好吧。”蜘蛛最后说，“既然你有这个要求，那也检查一下你。”

于是，蜘蛛用刀在蛇身上划了一下，不过这次不是用刀背划，而是用磨得锋利的刀刃划，蜘蛛就这样把蛇杀死了。

这时，众野兽喊了起来：

“他没能经得住检查！证明他就是小偷！”蛇快死的时候，仰面躺下，肚皮朝天，仿佛是在呼唤：“天哪！看看我的肚子吧！看看是不是我吃了蜘蛛的山药！”

所以，以后凡是杀死蛇的时候，他总是翻过身子，让肚皮朝天，好让上帝知道他死得冤枉。

忌妒心强的猫头鹰

（印度）

有一次，一只猫头鹰落到王宫的屋顶上。

他在花园里的一棵大椰子树上看见一只夜莺。廷臣们凡从这棵树底下经过，都要向这只小鸟鞠躬致敬。

不一会儿，国王来到花园里。他捧着一只金托盘，盘子里放着好些上等的谷物。国王把托盘放在地上，夜莺就从树上飞下来啄吃。

等国王和廷臣离开花园，猫头鹰问夜莺：

“请你告诉我，你凭什么享受这么高的待遇？”

夜莺回答说：

“国王喜欢听我唱歌，他命令廷臣们满足我的一切要求，每天都到这里来用金托盘给我喂食。”

天黑了，猫头鹰想：“我的嗓音比夜莺好。国王要是听见我唱歌，就会把夜莺赶走，再叫他的廷臣们满足我的一切要求。”

他主意拿定，用力发出几声号叫，声音大得把宫里的人都惊醒了。

“谁在我的宫里叫得这么难听？”国王龙颜大怒，“快去把那人找到，带到我这里来！”

廷臣们跑去执行国王的命令。找到猫头鹰不费吹灰之力，因为他不停地叫。

他们抓住猫头鹰，把他带去见国王，并说：

“陛下，就是他在搅扰你的安宁！”

“把他的毛统统拔掉！”国王下令说。

侍从们抓住猫头鹰，将他身上的毛全拔光，把他扔出宫外。

忌妒心强的猫头鹰好不容易才回到树林。

以后他常常把这个令人伤心的故事讲给鹦鹉听，每次都要大骂夜莺一通：

“这都得怪他！就是因为他我今天才一身光秃！”

“夜莺有什么过错？”鹦鹉好不奇怪，问他。

“怎么没有过错？我要是不在宫里遇见他，就不会去唱歌！所以说我落了这么个下场全怪夜莺！”

朋友们，你们千万不能去学猫头鹰的样子，自己有错不要去怪别人！

鬣狗和乌龟

（非洲马康迪）

一天，森林里起了一场大火，枯草烧起来了。所有的动物都吓坏了，纷纷四下逃命，只是乌龟的腿太短，爬得慢，他就难办了。

大火渐渐向他逼近，可怜的乌龟眼看就要化为灰烬。这时一头鬣狗跑过，乌龟求他：

“可怜可怜我吧，朋友，请你把我救出火海！”

鬣狗一笑，跑开了。

大火已经烧到跟前。

乌龟看见有头豹跑过，便求豹救救他。豹把乌龟抱起来，放在一棵高高的树上，打算等大火一过，再返回来把他从树上抱下来放到地面。

“你心肠那么好，谢谢你呀！”乌龟对他说。

乌龟把草木灰收集起来，和上水，走到豹跟前。

“你有一颗善良的心，所以也应该有一身漂亮衣服。”

他往豹身上涂上黑花纹，豹从此变得美丽无比。

等鬣狗碰到豹时，惊讶地问：

“伙计，你这是从哪儿弄来的这身漂亮衣服？”

豹回答说：

“这是我的好朋友乌龟送的。”

鬣狗跑去找乌龟，求乌龟也送他一身像豹那样的漂亮衣服。“你心肠太坏，”乌龟对他说，“所以你的衣服只能有一种颜色。”

说着，他用草木灰往鬣狗的皮上涂满了难看的黑色道道。

狐狸和蛇

（土耳其）

从前有一段时间，狐狸和蛇很要好。有一次，他俩一同赶路，遇到一条河。狐狸下水后便往对岸游，蛇却留在河这边，说："狐狸大姐，你只顾自己过去，也不回头看一看，我还留在这边哩。把我也驮过去吧。我绕在你的脖子上，咱们一同游过去，再往前赶路好了。"

"好吧。"狐狸同意了，便往回游。她把蛇绕在自己的脖子上，又下了水。

她们刚游到河中心，蛇便开始勒紧狐狸的脖子。

"蛇妹妹，"狐狸说，"你大概是吓坏了吧？你把我的脖子缠得太紧了，放松些吧，要不然我会被勒死的。"

蛇对此毫不理会，狐狸便对她说：

"你把脖子伸过来，让我吻吻你脖子下面的那个红点。"蛇伸长脖子。

“再伸长一点，”狐狸说，“再一点点……就一点点……”等到蛇的脑袋刚伸到狐狸的嘴的旁边，狐狸用牙一咬，蛇当场毙命，狐狸才缓过气来。

狐狸把死蛇送到对岸，上岸后把她扔在地上，说：

“哼，你这个冒牌的朋友……你如果是我的忠实朋友，就会活着来到这边岸上了。背信弃义的人只会是这么个下场。”

狐狸扔掉死了的蛇，自己走了。

大蜥蜴和乌龟

（菲律宾）

从前，大蜥蜴和乌龟是好朋友，他俩总是一同去捕鱼。一次，大蜥蜴叫上乌龟到鱼塘去捕鱼。他俩在岸边待了很长时间，突然，鱼塘的主人——一个老头来了。

大蜥蜴赶紧溜掉，乌龟却被老头捉住了。老头把乌龟带回家，用绳子绑在屋檐下。

第二天一大清早，大蜥蜴赶去找自己的好友。他找了好长时间，终于看到乌龟被绑在房柱上。

“朋友，你在这儿干什么呀？”大蜥蜴问。

“老头子一心想让我娶他的闺女，可我不想娶她。”乌龟回答说。

大蜥蜴正想结婚，能有这种机会使他乐不可支。他求乌龟把这个机会让给他，乌龟同意了，大蜥蜴解下乌龟，要乌龟把他绑上。乌龟把他绑好后，以最快的速度跑掉。

老头醒来，听见外面有人在一遍遍地重复说："我同意娶你的女儿。""我同意娶你的女儿。"老头非常恼火，赶到外面去看是谁在说话。他看见那里绑着一只大蜥蜴，就是他在那里没完没了地反复说："我同意娶你的女儿。""我同意娶你的女儿。"老头抓起一根大棒，本想砸烂大蜥蜴的头，但大蜥蜴挣脱绳子跑了。

他不久又遇上了乌龟。乌龟这时正在倾听两根竹子发出的声音。风使它们摇晃，两根竹子互相摩擦，发出阵阵声响。

"喂，你在这儿干什么呀？"大蜥蜴气冲冲地问。

"别作声，别作声，"乌龟对他说："我在听我爷爷在上面吹芦笛，难道你没听见？"

大蜥蜴很想看到乌龟的爷爷，于是爬上树，把脑袋伸进两根竹子之间。风一吹来，两根竹子摇晃不止，把大蜥蜴的脑袋紧紧夹住，最后它掉到地上，乌龟却趁机溜掉了。

轻信别人是绝不会有什么好结果的。

大蟒和羊

（安哥拉）

大蟒和羊是好朋友。他俩还没成家，吃、住、干活都在一起。

可是有一次出了件怪事：晚上他俩吃饱了饭，把吃剩的东西送进地窖里，却不知是谁夜里把那些吃剩的饭菜全吃光了。他俩实在弄不清楚是谁干的。有一次大蟒说：

“是你昨晚把肉糊糊吃光了，除此之外再也没别人，因为我们夜里关着门，没人能进来。”

“你说什么，老伙计？你把我想得太坏了！夜里我就没醒来过。这不难证实：我要是一只眼闭着，就说明我是在睡觉。”但两天以后，大蟒又一次说羊偷吃了肉粥。羊实在气不过，决心无论如何也要抓住小偷。他夜里不再睡觉，而是两眼轮流一睁一闭，好让眼睛得到休息。大蟒看在眼里，还以为朋友睡着了呢。

一天夜里，羊看见大蟒从草席上爬起来，偷偷溜进地窖，从里面取出肉粥，一口气吃了个精光。

“原来是你在偷吃肉粥？”羊大声喊道，“好呀！我现在可知道咱们的友谊值几文钱了。我马上搬到另外一个地方去住！”

“你留下吧，亲爱的朋友！”大蟒央求说，“我这是头一次。我睡不着,肚子实在是太饿了。别生我的气！”

“那好吧。”羊说。可几天以后，他又一次在犯罪现场抓住了大蟒。

“我要搬到另外一个地方去住了！”羊义无反顾地说。

大蟒饿极了。“我为什么不能吃掉羊呢？”他突发奇想，“不是我吃掉他，就是他吃掉我。世界上都是弱肉强食，每个人都只关心自己。”

大蟒就这样昧着良心吞下了自己的好友。就从那时起，所有的大蟒都在追猎羊。

想出名的小老鼠

（俄罗斯爱斯基摩）

白令海峡岸边有个叫恰普利诺的村庄，旁边是一座小丘。这座小丘用爱斯基摩语叫阿夫瑟尼奥姆，意思是小老鼠搬的山。为什么叫这个名字呢？听我慢慢说来：

一天，小老鼠在一株大牛蒡下面想入非非：

“为什么有歌唱人的歌，有讲述人的故事，老鼠就从来没有这种待遇？他们人人都成了角斗士、快跑能手、善跳的人、射击手、猎手和勇士！那老鼠呢？……我该做点什么，才能有歌唱我的歌，讲述我的故事？”

这时，有个人从小老鼠身旁走过。他俩一个太高大，一个太矮小，所以都没看见对方。

“要不，”小老鼠想，“我去咬断一棵树，然后将树搬到这座山上去，以后我就在人和老鼠中出名了！”

他去啃树。啃呀，啃呀，转圈儿地啃了一遍，抱住树左右摇晃：啊——啊——啊！可树纹丝不动。小老鼠又接着啃，突然树发出噼噼啪啪的断裂声，向旁边一歪，倒了。

一开始小老鼠大惊失色，后来得意地看看四周，这时才发现他弄倒的不是大树，而是一棵草。“好在没人看见，”小老鼠心里很不是滋味儿，想道，“要不我秋后怎么到土窑去见人，大家还不笑掉大牙？……为了出名，该干些什么？”

小老鼠在冻土带上走着，看见有一些大湖，“我要是能渡过这些湖，坐到对岸去晾干毛皮上衣和翻毛鹿皮靴，一旦有人走过，就会一传十，十传百，都说我是个游泳健将，以后还会编歌歌颂我呢！”小老鼠想，后来果然下水渡湖。

他游呀，游呀，潜水时几乎被水呛了，差点儿淹死了，但还是继续游。他游到对岸，上岸后就开始晾干身上的衣服。突然他看见一个人。这个人在忙着赶路，身后留下他的脚印和小老鼠渡过的湖泊。小老鼠心里有些怆然。

这时，他走到小丘前，背起小丘便向北走。他走呀，走呀，走累了，看见了恰普利诺，心里想：“我不妨进村去讨口水喝，歇一会儿，人们一看见我，就会歌唱我，传颂我的故事！”他放下小丘。这时，一小块土砸下来，把他砸死了。

从那时起便开始流传一个关于这只想出名的小老鼠的故事。

白蛉和苍蝇

（安哥拉）

白蛉和苍蝇是形影不离的好朋友，他们同住在一所房子里，无论干什么都在一起。为了彼此不分离，他们都没结婚。当然，他们还得自己做饭，甚至还得像女人那样自己去汲水。

一次，他俩把水罐放在头顶上，就到河边去了。天气闷热，他们很想洗个澡。他俩脱去衣服，下到河里。这时，白蛉才发现苍蝇是细腰，“要是能把裤带勒紧一些，”他想，“我的腰也能这样苗条。”

洗完澡后，他俩上岸穿衣服。白蛉用大腿上的裹腿布把腰缠得很紧，结果裹腿布把他勒成两半，使他一命归阴。

苍蝇看在眼里，禁不住一阵哈哈大笑。“白蛉也真是傻到家了，”他笑着说，“结果送了命！”他笑呀，笑呀，止也止不住，结果笑得嘴越扯越宽，便跑去找医生，但什么也说不出来，只知道傻笑。

“你干吗来了？”医生问他。

但他还是只知道笑，根本没什么值得好笑的，他也哈哈大笑不止。医生生气了，把他轰走。说的也是，医生能帮什么忙呢？苍蝇的嘴扯得无限宽，结果他的脑袋也被扯成两半，最后苍蝇也死了。

所以说，在朋友落难时，我们不该幸灾乐祸。

羚羊和蜘蛛互救

（非洲）

羚羊和蜘蛛虽然都住在同一个树林里，但他们从未见过面。

在一个阳光明媚的早晨，羚羊听见附近有响动，心跳骤然加快起来。他竖起耳朵，以便听得更清楚一些，终于听到有人说话："捉住他，捉住他。"这是一些猎人，他们牵着狗，正向这一带靠近。

"羚羊应该在这里。瞧，这是他的脚印。"他们说。

羚羊原以为他们离得还很远，但凝神倾听一会儿后，吓得浑身发抖，因为猎人已经来到跟前了。

"哎哟，我这下子可完了！"羚羊大声说。

他像离弦之箭迅速跑开，指望狗追不上。狗却在想："这羚羊跑不掉了，一定会被我们捉住。"

猎人们在说：

“眼看咱们就要捉住羚羊了，快追上狗。”说着，他们跑得更快了。

羚羊拼命跑，但猎人也不落后。他们早上追，晚上追，追了整整一天，都不歇口气。羚羊千方百计想甩掉他们，但都徒劳。等跑进一片高草丛中迷了路，这时羚羊看见了蜘蛛。

“蜘蛛啊，救救我吧！”羚羊哀求。

“什么？”蜘蛛觉得奇怪，“你把说过的话再重复一遍。”

“蜘蛛，救救我吧！”羚羊请求说。蜘蛛指给他一个白蚁窝，羚羊马上钻了进去。

“好了，现在你再告诉我，到底出了什么事。”蜘蛛说。

“狗和猎人在后面追我，我现在该怎么办？”羚羊吓得哆哆嗦嗦地说。

“你不用害怕。”蜘蛛说，“你既然来到我们蜘蛛这里，保证你没事儿。”

蜘蛛说着，带着他的孩子马上着手干活——在羚羊跑过的地方都布满蛛丝。他们沿着他到过的地方走，一直到碰到猎人为止。猎人看到羚羊的脚印都罩上了蛛网，便停止了追踪，转身往回走，还说：

“咱们追的那只羚羊落在后面了。这些不是他的脚印，是上个月从这里经过的那些羚羊留下的，上面都盖满了蛛网。”

疲乏的猎人天黑时回到了家。

过了两天。猎人们歇好了，便作出决定：“既然羚羊就藏在这一带，那咱们就放一把火烧了这片林子。他要是真在这附近，一定会跑出来，那时咱们再捉住他。”

大伙儿都同意，于是从四面八方点起了火。

这时羚羊对朋友说：

“看来，今天咱们不会好过。”

蜘蛛回答说：

“亲爱的羚羊，你要是敢从火上跳过去，这还正好是你逃生的好机会呢。”

羚羊说：

“兄弟，咱们应该一同逃出去。我敢从火上跳，这样咱们都有救。咱们不能死在那些纵火者手里。咱们一同逃出去。”

但蜘蛛说：

“不，我们死定了！”

“你们不会死，”羚羊又对他们说，“你们只要钻进我耳朵里，就没事了。”

蜘蛛们钻进羚羊的耳朵里，羚羊则深深地吸了口气，像离弦的箭似的从火上跳了过去。等猎人们醒悟过来，羚羊早没影儿了。

羚羊来到安全地带，停下来对蜘蛛说：

“怎么样，出来吧，看看你们到底是死还是活？”

蜘蛛们安然无恙地爬出来，对羚羊真是感激不尽。

老鹰的脑袋为什么是光秃的

（缅甸）

从前，老鹰又温顺又老实。他身上的毛粗硬而浓密，但脑袋上没长一根毛，这是一只光秃的鹰。当他在清澈的湖水中看到自己的尊容后，真是伤心透了。他整日都在埋怨上帝，因为上帝赐给他一个光秃秃的脑袋。他不再吃，也不再喝，日见消瘦下去。

树林中的众鸟实在可怜老鹰，便都拔了一根自己的羽毛送给他。

送来的羽毛很多，很快就把老鹰的脑袋和整个身子都盖得严严实实的。老鹰成了树林里最漂亮的鸟，因为谁身上也没他那么多五颜六色的羽毛。

他望了一眼清澈湖水中的影子，便变得骄傲起来。他从这个树林飞到那个树林，到处去炫耀自己的美貌，同时嘲笑其他鸟。

“你们长得有多丑啊！你们身上的羽毛太少了！看着你们这些丑八怪都觉得恶心！”

老鹰一天天变得傲慢与凶狠。终于，有一天早上，他宣布自己为鸟王。

“从今往后，”他说，“所有的鸟都得对我毕恭毕敬，凡不执行我的命令者，格杀勿论。”

众鸟被惹恼了，向他扑去，拔光了送给他的那些羽毛，同时也扯掉了不少他自身的羽毛。于是，鹰从那时起就变得更难看了。如今他不仅脑袋光秃，连脖子也是光秃秃的。

从此，老鹰变得光秃而凶暴。他只要看见哪只鸟，便马上扑上去撕咬。他是在为过去的事而对他们采取报复行动呢。

倨傲的乌鸦

（俄罗斯）

从前，海边住着一户有钱人家。一只乌鸦常来这里啄吃主人扔掉的剩饭。主人的孩子也常给他各种东西吃，慢慢地，他们就跟乌鸦混熟了。孩子们要爸爸给乌鸦的嘴涂上一层金色，使他变得更漂亮。于是乌鸦有些不知天高地厚起来，把所有的鸟都不放在眼里，认为所有的鸟中唯独他最好看。

一天，海边飞来一群天鹅。乌鸦趾高气扬地来到他们中间，要与他们的头儿比一番高低。他说："天鹅大王，你敢跟我比一比吗？看谁飞得快！"

天鹅说："乌鸦老弟，你可不是我的对手，我一口气就能飞几百里。"

乌鸦说："天鹅大王，你大概只能用一种姿势飞吧？我却会好几种飞法。你说吧，你都会些什么姿势呢？"

天鹅一本正经地说："老弟，我只会一种姿势，而且总是以正常的速度飞。如果你不知天高地厚，定要跟我争一番高下，那就比吧，我奉陪。"

两只鸟同时飞上天空。天鹅飞得不快不慢，乌鸦却忙着表演各种姿势。乌鸦们看到自己的同伴动作如此优美，都情不自禁高声叫好，并嘲笑天鹅无能。他们飞呀，飞呀，快飞过大海了，天鹅仍以正常速度飞行，乌鸦却照旧在表演他的优美姿势。转眼间，两只鸟拉开了很大距离。由于长时间的表演，乌鸦开始体力不支，一下子落入深海，只见他在海里急得拼命挣扎。

天鹤飞过来问："老弟，你那叫什么姿势呀？简直跟跳舞一样！"

乌鸦已经顾不得比赛，高呼道："天鹅大王，救救我吧，我快淹死了，以后我再也不敢瞧不起别人了。"

天鹅看到乌鸦的那副狼狈相，心顿时软了，忙过去把他叼上来，让他骑在背上，把他驮回岸边，对他说："现在你可以走了，以后可不要再目中无人。"

乌鸦惭愧得低下头，远远地飞走了。

獾和貂打官司

（印度）

一次，獾和貂在林中小路上看见一块肉。

“是我找到的！”獾大声说。

“不，是我找到的！”貂大声说。

“是我先看见的！”獾生气了。

“不，是我先看见的！”貂说得很肯定。

他俩争了好长时间，最后也没达成一致意见。

于是獾说：

“咱们去找狐狸吧，让他来给咱俩评判。”

狐狸听了獾和貂的申诉，说：

“得把这块肉平均分成两份，獾拿一份，貂拿一份。”

说完，他把肉分成两份。

“貂的那份大！”獾哀号起来。

“我马上弄成一样大的。”狐狸说，从貂的那份肉咬下一大口。

“现在是獾的那份大了。”貂大声说。

“我现在就把他那份弄小一些。”

狐狸从獾的那份肉咬下一口。

这样一来，貂的那份肉又比獾的那份肉大了。狐狸只好又从貂的那份肉咬下一口。

他就这样咬这份一口，咬那份一口，一直到把两份肉都吃光。所以俗话说：贪婪与固执的人总是要吃亏的。

贪心的乌鸦

（菲律宾）

有一次，乌鸦看见地上有一块肉，捡起来后飞到了树梢上。他刚落下来开始吃，恰巧看见有只小鸟叼着一只死老鼠从旁边飞过。

“小鸟,你是从哪儿弄到死老鼠的？”乌鸦朝他喊道。

小鸟没回答，还在继续赶路。乌鸦看到小鸟没理会他，非常生气地在他身后喊：

“小鸟，小鸟，你停一下，给我一块老鼠肉，要不然我追上你后，把整只老鼠都抢走！”

小鸟还是没理会他，相反，越飞越远。又贪又狠的乌鸦决心无论如何也要把老鼠弄到手。他放下正在吃的肉，追小鸟去了。不过，别看小鸟个儿小，飞得可比乌鸦快，乌鸦怎么追也追不上。

正当乌鸦追小鸟的时候，一只鹰偶然从他放肉的那棵树旁飞过。鹰看见了肉，抓起肉便飞走了。

乌鸦追小鸟追了好长时间，结果也没追上。最后他决定再回到放肉的那棵树上。可等他返回一看，发现肉不见了，他伤心得差点儿昏死过去。

不久，吃掉那块肉的那只老鹰又有幸从乌鸦待着的那棵树旁飞过，冲他喊道：

“乌鸦先生，你知道是我拿了你的肉吗？要是不知道，我就告诉你。我真是太可怜你了！”

乌鸦没理会鹰，因为他累得都快喘不过气来了。

一只聪明绝顶的小鸟
（缅甸）

从前有个猎人，他整天都在森林里打猎。这个猎人有只聪明过人的小鸟。小鸟虽然不会说话，不过跟人一样聪慧。他待在猎人的肩上，他们从来都不分离。原始森林中有老虎、狮子和其他凶禽猛兽，但猎人在林中走来走去却不发怵，因为有那只小鸟在前面飞，侦察路上有无危险。猎人待他如掌上明珠，熟习他的一切癖性，总是把他喂得饱饱的。

有一次，太阳火辣辣地烤着大地，森林里着了火。猎人在森林里面转悠了一整天，已经精疲力竭，而且非常渴。由于森林起火无法打猎了，猎人已经不抱任何能弄到猎物的希望，只惦记着能讨口水喝，找到些食物充饥。小鸟看出主人很口渴，于是从他肩上飞起，到处找水去了。他费了九牛二虎之力，还是没找到。突然，他看见一条眼镜蛇也在找水。

“眼镜蛇太太！”小鸟招呼蛇，“你要是知道哪儿有水，请务必告诉我一声！”

“亲爱的小鸟，”眼镜蛇回答说，“我也口渴呢，所以我才在草丛里爬来爬去，希望能找到水喝。我只要一段时间不喝水，毒液就在我体内燃烧，所以我得不断地往外吐毒液。等我找到水喝了，再返回把吐出的毒液吸吮回去。”

眼镜蛇说着，随口将毒液吐在草叶上。

小鸟想：“要是将草叶往下按，让毒液流到地上，蛇会怀恨在心的。但要是不这么做，我的主人看见后还以为是水，他喝了会中毒的。”

恰好这时小鸟听见了主人的声音。为了不让他看见眼镜蛇的毒液，小鸟用翅膀将它盖住。然而猎人很快就看出小鸟在掩盖什么。他将小鸟推开，发现了毒液，以为那就是水。

“这个可鄙的家伙知道我渴得要命，但是他显然是希望我死掉，所以用翅膀将水藏起来。”猎人撩起草叶自言自语，想要喝草叶上面的毒液。

这时，小鸟用翅膀将他的嘴捂住。急红了眼的主人粗暴地拽他，却无论如何也拽不开：小鸟的羽毛严严实实地捂住了他的嘴。

猎人大怒，疾言厉色说：

“这家伙想让人渴死，我最好把他弄死算了。”说着，用棍子狠狠打了小鸟一下，小鸟当场毙命。

猎人打死了小鸟，马上扑向毒液，喝了下去，以为那就是水。但刚一喝下，便猜到那是毒液，这时他才明白了一切。他很惋惜那只忠心耿耿的小鸟，心中实在后悔，不过这时他也一头倒在地上死去了。

那套旧礼节我早不记得了

（俄罗斯）

狼出来觅食，见一只死羊躺在地上。他馋得纵身一蹿，扑到死羊上面，连撕带咬，连骨头都吞下去了，结果，被一块骨头卡得躺在地上直喘气。

一只仙鹤在沼泽地上走来走去。狼叫仙鹤来帮忙。仙鹤走过来，一看吓得够呛。

狼说："喂，仙鹤，你别害怕，不会出什么事的！"

仙鹤把脑袋伸进他嘴里，从里面掏出骨头。狼马上来了精神，站起来稍加思索，也不道声谢，就一心要把仙鹤吃掉。仙鹤说："朋友，你这是怎么回事？是我救了你的命啊！"狼站在那里说："那套旧礼节我早不记得了。"

他一口咬住仙鹤的脑袋，把他吃了。

狐狸、鹿和乌鸦

（蒙古国）

很早很早以前，有一只狐狸、一只鹿和一只乌鸦。每天大清早他们各奔一方去寻找食物，晚上再聚集起来互相诉说什么地方有什么吃的。一次，狐狸很不走运，整整一天都找不到一口吃的。他饿着肚子，不免就忌妒起鹿来了，因为鹿到处都能找到青草，回来的时候总是吃得很饱。狐狸决定设计陷害鹿，便对鹿说：

“鹿，你听我说，我知道西边有一个大牧场，那儿的青草味道特别鲜美。明天你到那儿去，准能让你吃得肚子都撑了。”

鹿信了狐狸的话，第二天便向西走去。他走呀，走呀，来到一块茂密的黑麦地。可是，还没等美美地吃上几口，鹿就掉进陷阱里了。晚上狐狸和乌鸦回到家，左等右等也不见鹿的影儿。乌鸦很不放心，问狐狸：

“咱们的鹿到哪儿吃草去了？”

狐狸给他指了指牧场方向。乌鸦来到黑麦地一看：鹿掉进了陷阱里。乌鸦对鹿说：

“我这就飞到黑麦地的主人家去，落到他的帐篷顶上喊：‘快准备一根绳子！’老头听到以后，会马上奔到你这里来，你就躺着别动。他准会以为你死了，把你从陷阱里弄出来，然后自己坐下来抽袋烟。这时，你就可以爬起来拼命跑掉。”

乌鸦向老头居住的帐篷飞去，大声喊着：“快准备一根绳子，有头鹿掉进陷阱里了！”老头一听，马上跑出帐篷，直奔黑麦地。老头一看，陷阱里果然躺着一头美丽的鹿，一动也不动，像是死了。老头见猎物到手，不禁心花怒放，马上去掀开陷阱的盖子，然后擦擦脸上的汗，再坐下来抽袋烟。这时鹿很快跃起，一下子跑得无影无踪。老头气得大骂一阵，重新把陷阱布置好，才两手空空地走回家，一路上还不住地埋怨自己太粗心大意。

狐狸在家里等了又等，还是不见鹿和乌鸦回来。他决定到黑麦地去看看，说不定还能吃上两口鹿的下水呢。可是，没想到他自己掉进陷阱里了！

丧尽天良的兔子
（缅甸）

很早很早以前，荒僻的森林里有一只带着女儿过日子的母老虎。母女俩种着一块不大的稻田，她们就以此为生。

有一次，老虎妈妈下田干活去了，家中只留下女儿。这时，一只兔子来到她们家。

“你母亲上哪儿去了？”兔子问小老虎。

“下稻田了。”她回答。

“等你母亲回来，你告诉她，我要用棍子抽她的脊梁骨。”

母亲回到家，女儿把兔子的话传给她。老虎妈妈一听就气炸了，说：

“真不得了！这简直是岂有此理！一只可怜巴巴的兔子居然想揍我！真是厚颜无耻至极！我马上去追上

他，把他撕成碎片！”

被激怒的老虎妈妈从家里跑出去，在门外偷听的兔子也拔腿便跑。老虎妈妈看见了兔子便跑上去。兔子使出了全身的劲，一边还留心找个能藏身的地方。最后他钻进一片竹林。

老虎妈妈在竹林前止住脚步。竹子长得很茂密，她钻不进去，只好气冲冲地喊着：

“喂，你这个黑心肝的兔崽子，我马上把你吃掉！”

兔子说：“老虎大婶，你为什么要吃掉我？我得罪你了？”

“难道不是你去我家，说要用棍子抽我的吗？就是因为这个我要吃掉你！”

于是兔子说：

“我没去过你家。说不定到你家的是另外一只兔子。因为有很多兔子，有白色的，有黑色的，有红鼻子的，有白鼻子的，有黑鼻子的，还有灰毛兔和褐毛兔。”

“好吧。你说，你是怎么钻进竹林里去的？我却钻不进去。”

“我这点本事是我爷爷教的。你要是想进来，就请别先将脑袋钻进去，而是让屁股先进去，这样一步一步地往里挪，便钻进来了。”

老虎信了兔子的话，慢慢地将屁股往竹林里钻。当她身子进去了一半，兔子抓起一截竹棍，狠狠地抽了她的背几下，然后溜掉了。

老虎暴跳如雷。

“你竟然敢抽我，下次我绝饶不了你！”她追着兔子喊。

兔子想：“我找个什么地方躲一躲呢？”

他突然看见缠绕着一棵树的两根粗藤，于是攀藤而上，在树杈上坐下来。一阵风吹过，两根藤相互摩擦，发出吱吱嘎嘎的声响。老虎妈妈跑到树的跟前，在底下席地而坐。

“黑心肝的兔子，这下你可跑不了啦。”

“你干吗不放过我，老虎大婶？我得罪你了？”

“难道不是你抽了我，然后跑掉的吗？”

“我不是你要找的那只兔子。兔子太多了：有白色的，有黑色的，有红鼻子的，有黑鼻子的，还有灰毛兔和褐毛兔。我早就待在这里了，在听我爷爷拉小提琴呢。”

“我也可以听听吗？”老虎问。

“想听就听呗，不过要想让小提琴发出声音，你得把尾巴伸进两根藤之间。”

老虎把尾巴伸进两根藤之间。这时刮起一阵大风，两根藤挤在一起，把老虎尾巴紧紧夹在中间。老虎疼得直叫唤，兔子哈哈大笑，又往前跑去。

风很快停了。老虎妈妈抽出尾巴，跑去找那黑心肝的兔子。她东找西找，终于在一口废弃的井里找到了。

“我终于找到你了！”老虎喊道，“你这个坏蛋，让我吃了多少苦！这下子你可落到我手里了！”

“我可没得罪过你。你大概是在找另外一只兔子吧。因为有很多兔子，有白色的，有黑色的，有白鼻子的，有黑鼻子的，有红鼻子的，还有灰毛兔和褐毛兔，我不是拿你寻开心的那只兔子。我早就待在这里看守我爷爷的地下谷仓了。这里挺自在的：水就在跟前，青蛙多得数不清。待在这凉快的地方听蛙鸣挺有意思。我这辈子还从没听过如此悦耳的音乐。在这里我身心都得到了很好的休息。喂，老虎大婶，在我爷爷还没来之前，你也可以下来享受一下这里的宁静。”

听了兔子的这番甜言蜜语，老虎妈妈往下看了看，心里想：“里面还真不错。”接着往井里跳。

“怎么样，还可以吧？你能下来我很高兴。”兔子说完，马上开始蹦来蹦去，一边还胳肢老虎。

“你别胳肢我，”老虎直嚷嚷，“我怕痒！痒得受不了就会动爪子，一不小心便会把你扔出井外。”但兔子还在继续胳肢老虎。老虎忙着躲闪，拼命舞动爪子，果然把兔子抛到了井外。兔子立即动手搬来好多大石头，把井填死了。老虎妈妈就这样在这口废井里被砸死。

兔子呢，他却像什么都没发生过一样又往前走。

路上他遇见两头水牛。一头是白色的，一头是黑色的。兔子走近那头正在不声不响地吃草的黑水牛，说：

“白水牛对你不怀好心，想抵死你。”

然后他又跑到正在小溪边饮水的白水牛跟前，说：

“黑水牛对你不怀好意，想抵死你。”

被激怒的两头水牛跑到一起，双方大打出手，杀得天昏地暗，一直杀到把对方都抵死了。

兔子却欢喜雀跃，在水牛的身体上翩然起舞。他跳得很开心，却不小心戳在水牛角上，也送掉了性命。

丧尽天良的兔子就这样自食其果。

兔子和豪猪

（安哥拉）

兔子和豪猪不久前是好朋友，同住在一个村子里。一次，他们决定到另一个村子去看望熟人，可是启程时太晚，所以天黑前未能到达目的地。他们不得不在一个举目无亲的村子里过夜，到村长家去借宿。

村长热情地接待了他们，让他们吃饱喝好，安排他们在客房里睡觉。兔子很快进入梦乡，豪猪却只是装睡，一心等主人成眠。待家里都安静下来，豪猪悄悄地爬下床，摸黑走到菜园里。他尽管已吃得很饱，还是想吃些甜的东西。他找到了白薯，吃得肚子溜圆，又回屋里睡觉。

早上，村长来到菜园，发现有人在畦里刨过土。他非常生气，急急忙忙跑去问客人。

“你们当中有谁在菜园里刨过土，”他大声说，“除开你们再也没别人。”

“不是我。”兔子说。

“也不是我。”豪猪说。

主人不吭声，早饭时给他们端上放了催吐剂的牛奶。狡猾的豪猪吃过各种草，都分不清他胃里装的是什么东西。而兔子刚吃过木薯，木薯块跟白薯块又非常相似。所以村长断定是兔子干的好事，下令用棍棒抽打他的爪子。兔子虽一再声明他夜里睡得很死，哪里也没去过，但仍逃脱不了惩罚。

“好呀，朋友，我要报复你。”兔子暗想。

他们又上路了，一路上他一直走在豪猪的前面。豪猪以为他还在生气，所以并不以为然。兔子看见有几个妇女在草里翻找东西，便问她们在找什么。

“我们在找用来做发针的羽毛。”那几位妇女回答说。

“算你们走运，”兔子说，“我的一个朋友在后面，你们可以从他那里拿到不少长针。”

大喜过望的女人们开始等候豪猪。他刚一出现，她们便迎上前去向他讨要针。

“你们是怎么回事！”豪猪吓坏了，“针是我的防身武器，没有它们我可就完蛋了。”

但女人们不放豪猪走，因为他身上的针太称她们的心了。她们向他扑去，眨眼的工夫就把针拔光了。

“好呀，兔子，你等着吧！”豪猪猜到是兔子捣的鬼，心想：“我绝不轻饶你！”

豪猪追上兔子，往前走去，很快就有了教训兔子的极好机会：他见有些人在树丛里搜寻，便问他们在找什么。

“我们在找做铁匠风箱的皮料。”那几个人说。

“我的一个朋友在后面，他头上有两个高高的饰物，用来做风箱再好不过了。”豪猪说完，急匆匆地又往前赶路。

人们一看见兔子，马上割下他的两只耳朵。

之后，兔子和豪猪又走到了一起。一个丢了耳朵，一个丢了针。他们几乎都快到达要去的那个村子了，突然听见一阵狗吠，看来这地方有人打猎。但是丢了耳朵的兔子什么也没听见，马上被人用枪打伤了。豪猪躲了起来，但猎狗根据气味找到了他，将他咬死了，因为豪没有了针再也无法自卫。

所以说，朋友间背信弃义导致了毁灭性的后果。

青蛙与牛

（俄罗斯）

青蛙看见牛走过来吃草。他看见牛那么大，打心眼里就不服气，下决心要与牛比高低。他憋足气，把肚子鼓得很大。

他问自己的同伴：

“喂，亲爱的，你们说说看，我跟牛一样大吗？”

“不，亲爱的，差得远呢。”

“你们再看，现在我可大多了。再看仔细一些。怎么样，我的肚子正在往外鼓吧？”

“依我们看，那还差得远呢。”

“那……现在呢？”

“还是跟原来一样啊。”

青蛙用力过猛，“啪”的一声肚子胀破了。

哥儿俩

（俄罗斯）

从前有个孤儿，他和母亲相依为命。小伙子进山打柴，然后担柴进城去卖，母子俩以此为生。

一次，一头狮子从山上滚下来，被困在一片荆棘丛中。

“我要是伐倒这片荆棘，”小伙子想，“狮子一出来就会要了我的命。”

接着说了声：

“要命就要命吧！”说着，他伐倒了那片荆棘。

狮子直立起来，大声地吼道：

“咱们结拜为兄弟吧！”

从那以后，狮子在山里把柴火准备好，由小伙子担柴到城里去卖。

一天，狮子来到小伙子家里做客，对他的母亲说：

“该给大哥娶媳妇了！”

“是应该了，”母亲说，“可谁愿把女儿嫁给一个穷光蛋呢？”

“我保证给我大哥找个媳妇。”狮子作出允诺，并给他找来了皇帝的女儿。

小伙子娶了媳妇，过起了耕田为食的生活。

漂亮的妻子播种，小伙子耕地。当小伙子望着妻子时，木犁走得溜直，而当耕到地的另一头时，犁沟就歪了。

妻子猜到是怎么回事，用丝线绣了一张图，挂在犁把上。之后所有的犁沟都变得又平又直，庄稼收成提高了一倍。

可是祸从天降。有一次，一阵风吹来，把皇帝女儿的那张图刮到了城里。

没过一天，小伙子的家里来了几名警官。他们把皇帝的女儿送进宫里，把小伙子扔进大牢。

母亲哭得伤心极了，狮子闻声赶到。

“是你害了我的儿子，”母亲说他，“如果给他娶个出身贫寒的妻子哪会出这种事呢！这样一来，我也得饿死了。”

“你别哭！”狮子说，“我一定帮你把儿子弄回来。”

他跑到山里，发出雷鸣般的吼声，众狮子都跑来了。

“我的哥哥被抓去关在大牢里，”狮子说，“得把他救出来。”

夜里，众狮子包围了都城。天一亮，人们看到城被围得水泄不通，进出城的道路都被封锁了。

“我们不知怎么得罪了狮子。”皇帝说，“你们快去找个能对付他们的人来。”

然而，无论在皇宫，还是在平民百姓家里，都找不出一个这样的勇士，倒是在大牢里找到了一个。

“这是我弟弟在想我，”小伙子说，“放我出去吧，我去问他，人们到底有哪一点不称狮子的心。”

小伙子出了城，问狮子弟弟：

“你们来干什么？”

“来救你。你的母亲在哭，还因为皇帝的女儿而诅咒我。”

小伙子回到城里，如实向皇帝作了汇报。

“你去把狮子赶走吧，”皇帝请求说，“我认你做儿子。”

小伙子又出城去见狮子，说：

“你们都进山里去吧，但得把两头最勇敢的狮子留下来给我。”

皇帝实在太高兴了，好好款待了狮子们，他们才回山里去了。

从此，小伙子就留在皇宫里生活，跟妻子和母亲在一起。两头健壮的狮子一直保护他不受奸雄和恶徒的伤害。

坏心眼儿没好报

（朝鲜）

兽王老虎得了重病，他躺在自家的洞穴里，大声地哼哼。住在村子另一头的兔子听到他的呻吟，吓得用爪子把长耳朵捂住。

众野兽为大王找来不少药，但都不管用。老虎的病一天天加重。

这时，兽王的首席部长狼向全体野兽宣布，让他们来向山林之王告别。

野兽们整整一天都挤在老虎洞里。他们向大王深深地鞠躬，祝愿他早日康复。

在天黑前，似乎所有的野兽都已经来看望过大王，唯独毛色棕红的狐狸没有来。而狼早就对狐狸怀恨在心，因为狐狸总爱笑话他，说他作为首席部长跟一条普通的狗没什么两样。

所以，一听说狐狸没来看望老虎，狼就进洞去对垂死的兽王说：

“威武的大王！所有的臣民都已经到过你的榻前，大家都向你祝福，愿你早日康复。只有一只野兽忘了自己的职责，不想来看你。”

“他是谁？”老虎大吼，“告诉我这个逆臣的姓名！”

“公正无私的大王啊，他就是狐狸！他这么做该被处以极刑！”

“快去把他找来，我要把他撕成碎片！”老虎一声长啸。

狼幸灾乐祸地跑出虎穴，向狐狸所在的林边地带疾速跑去。

而狐狸原来一直就待在老虎洞口前的林丛里，把大灰狼的话听得一清二楚。等狼在树后面消失之后，他走进洞，恭恭敬敬地向生病的大王请安。

“是谁放你进来的？”老虎咆哮起来，“你怎么敢不来向我请安和祝我长寿？”

狐狸俯首在地，抖开红棕色的尾巴，柔声说：

“大王，你听听你的仆人来迟的原因吧。所有的野兽都到你榻前请过安，可他们谁也没给你送来能治病的药，也没考虑如何才能减轻你的痛苦。”

“说得对极了！”老虎说，“他们谁也没说你怎样才能又变得强壮有力。”

狐狸接下去又说：

“请安不是件难办的事，但光就请安治不了病。我白天黑夜都在考虑怎样才能延长你的寿命。我到过许多国家，找过许多名医，打听到了什么药能治好你的病。大王，这就是我来迟的原因。”

兽王听了这一席话，高兴得扬声说道：

“幸亏狼还没来得及执行我的命令！快把你的药拿出来给我吧，要是能治好我的病，我让你当首席部长。”

狐狸说：

“我跑过十个国家，最后才找到一位印度名医。我问他：要想让我的大王、山林中最让人敬畏的大王健康长寿，应该怎么办？那位名医告诉我说只要让老虎垫着狼皮睡十天十夜，老虎的病就好了。”

说完，狐狸恭恭顺顺地向兽王鞠了一躬，离开了洞穴。

老虎马上下令去找到狼，剥下他的皮。

兽王直挺挺地躺在狼皮上，开始等身体好起来。

狐狸这时却收拾好行李，跑到另一座树林去了。

老虎在狼皮上躺了十天十夜，但并没治好病。兽王明白上了狐狸的当，但为时已晚。他派人到处去找狐狸，结果也没找到。

至于狼嘛，他死是罪有应得：想给别人使坏的人，往往连自己的命也保不住。

小女孩、泥鳅和猴子

（日本）

从前，片野村住着一位农夫和他的妻子，他们有个活泼可爱的女儿。然而好景不长，孩子的母亲很快染病去世，一年后父亲娶了又凶又丑的女邻居为妻。

继母不喜欢丈夫前妻留下的女儿，经常打骂她，逼她干最重最脏的活儿。

一年夏天，她叫小女孩到被水淹没的稻田去锄草。小女孩刚到田边，就看见一个小男孩用网捉了条泥鳅，要拿回家喂猫。小女孩可怜泥鳅，用一把豆换回泥鳅，把他放回小溪。以后，只要到这里来干活，小女孩都要去看泥鳅，给他喂一小把米饭之类的。尽管继母发现了这个秘密后打她，不让她吃饱饭，她还是照样喂泥鳅。她宁愿自己吃草根，也不能让泥鳅饿肚子。

继母又想出了整她的新招儿。她知道远处森林后面有个深潭，潭底有一条凶恶的河龙。于是她以给小女孩买和服为诱饵，派她到潭边去采摘非常好看的红菊花。她原本打算，等小女孩一到潭边，河龙见到人影，就会蹿上来把她拉入潭中，那她就没命了。

小女孩不知是诡计，应命前往水潭。从森林中穿过时，她看见有个猎人在张弓射一只小猴，她给了他索要的钱，求他留下小猴一命。

小猴得救了，小女孩也来到潭边。她刚走过去，深潭里水面上即刻浮起一群泥鳅。他们穿梭于岸边，用尾巴击水，把潭水搅得浑浊不清，结果河龙也看不见岸边有人影。傍晚时分，她已采摘到一大把红菊花回家。

几天后，继母又想出一个恶招。她谎称自己犯了病，只有南山上的草药能救她，求小女孩去替她采摘一把回来。她还给小女孩做了几个饭团，每个饭团里都放了一小粒毒药，让她路上充饥。

小女孩不敢耽搁，带着饭团便进了山。中午采摘到了草药，又匆匆往家赶。返回家途中她又来到上次曾救过小猴性命的那座森林，觉得又饥又渴，但她想到有病的继母，也就顾不上吃，只想去找口水喝，然后继续赶路。

她来到林中小溪边，俯下身去喝水，看见了她的那位老熟人——泥鳅。泥鳅把嘴张得很大，两眼一眨不眨地盯着小女孩看。小女孩以为他是饿坏了，赶紧把饭团都扔进小溪。可泥鳅甚至都不去碰一下，只扬扬得意地一甩尾巴，又游开去了。

小女孩喝足了水，突然睡意袭来，于是坐在树下便睡着了。一阵悦耳的叮当声使她从睡梦中惊醒。她睁开眼一看，原来是树上的黄叶落下来，掉到地上即刻变成金币，所以叮当作响。小女孩觉得蹊跷，抬眼望去，只见那只小猴在树上。原来是小猴在往救命恩人脚下扔黄叶。

小女孩拾起几枚金币，又亲切地向小猴招了招手，便又往家赶路。

继母看见小女孩安然无恙地回来，不禁大怒，恶狠狠地问她吃了饭团没有。小女孩记住以往的教训，不敢说她把饭团喂了泥鳅，只说自己吃了，后来又喝足了水，坐在树下睡了个好觉，醒来看见树下堆满金币，捡了几枚便回了家。

继母夺过金币，不由想道：要是自己吃下一个有毒的饭团，再到林中小溪去喝水，便会活下来并变成个大富翁。

第二天，这个凶狠的女人便做了个有毒的饭团，独自进森林去了。来到溪边后，她咽下饭团，喝足了溪水，便坐在树下安然入睡。

她睡得香极了，从此就再也没醒过来。

鸽子兄弟

（缅甸）

从前，有一对相亲相爱的鸽子兄弟，小时候他们曾经听父母互相发誓：

“要是咱俩中有一个先死，活着的那个就再也不会组成新家。”

父亲和母亲一直恪守这个誓言，所以兄弟俩也想像父母那样诚诚实实地度过一生。他们指天发誓说：

“咱俩永远也不分离，一辈子都和睦相处！”

他俩果然和和睦睦，相依为命。

一次，因莱湖湖水泛滥，冲毁了四周的稻田，这样一来，鸟食就少了。兄弟俩出去觅食五天了，但一粒粮食也没找到。第六天他俩决定分头出去，各自都找了几粒稻谷吃了回家。

哥哥边飞边想：

“我的弟弟很可能什么也找不到。但我实在是太饿了，以至把找来的稻谷都吃了，而我应该帮助弟弟才是。”

于是鸽子哥哥把咽下去的谷粒儿又从嗉子里挤出来，衔在嘴里朝前飞。回到家他告诉弟弟说，只找到了很少的几粒稻谷，边说还边将那几粒稻谷从嘴里往外吐。

鸽子弟弟饥饿难耐，赶紧吞下所有谷粒。可哥哥很快就变得精疲力竭。不过兄弟俩还抱有幻想，说不定第二天早上水位就会下降，他俩便能找到吃的了。他们就这样睡着了。

可第二天早上水位并没见下降，还是找不到吃的东西。第七天，哥哥的力气消耗光了，死了。

看到哥哥死了，弟弟大声说：

“我要是不吃哥哥衔在嘴里带回家的那几粒稻谷，他就不会死。”

鸽子弟弟变得非常伤心难过，就从那时起他什么话都说不出来了，只会“咕咕”地叫，据说，他那是在叫“哥哥，哥哥”。

直到今天，我们也还是能听见他们这么叫。

坏朋友的下场

（印度）

一次，一只胡狼与一头骆驼不期而遇，成了最要好的朋友。

胡狼对骆驼说：

“朋友，咱们到河对岸去吧，那边的甘蔗比其他地方的都甜！”

“行啊，骑到我的背上吧！”骆驼高兴极了，“咱俩不一会儿就到对岸了！”

胡狼骑上朋友的背，骆驼很快把他驮过了河。

胡狼说的是实情——河对岸过去不远的地方果然有一大片蔗林。

骆驼高高兴兴地在甘蔗田里走来走去，津津有味地吃甘蔗。胡狼则到河边去捉鱼。河里鱼很多，不到中午他就吃得很饱了。他睡了一会儿，然后跑去找骆驼，高兴得在田里乱跑，大声嗥叫。

胡狼的叫声传到邻近的村庄。人们马上拿起大棒，跑到田里来。胡狼一看见人，很快躲进丛林里。

乡亲们看见骆驼在田里吃甘蔗，抡起大棒揍了他一顿。

骆驼好不容易才挣脱人们的追击，半死不活地来到河边。

胡狼在这里追上他，若无其事地说：

“该回家了。”

“是的。”骆驼说。

“那现在让我骑到你的背上吧！”

“请便。”骆驼没意见。

等他们游离河岸，骆驼问他：

“朋友，请你说说，为什么你刚才要大声叫？难道你不知道人们听到你的叫声就会跑来揍我？你干吗要这样做？”

“我也说不好，”胡狼无忧无虑地说，“不知道是怎么回事！我就是有这么个习惯，吃饱后爱大声叫。”

“那就是另一回事了，”骆驼说，“你既然有这个习惯，那就是说，你没什么过错。”

等骆驼走到水很深的河中央，他突然说：

“你听我说，胡狼，我很想在水里扑腾一会儿。”

“你怎么啦？”胡狼哀号起来，“这里的水最深！快别这样做！而且你干吗要在水里扑腾？”

“我也说不上来！”骆驼回答说，“不知道是怎么回事！我就是有这么个习惯，挨棍棒抽打后喜欢在水中扑腾一会儿！”说完，骆驼马上将脑袋潜入水底，等他再浮上来时，再也不见胡狼在背上：他呛死了。

没有一个人可怜胡狼，也不去想念他。坏朋友就会是这么个下场。

猫头鹰和红脚隼

（吉尔吉斯斯坦）

从前有一只猫头鹰。他吃东西不加任何选择，碰到什么就吃什么，结果得了病。他天天待在自己的窝里呻吟，大概都快要饿死了。

但有一次，一只小小的红脚隼从他的窝前飞过。猫头鹰用微弱的声音叫住他，央求道：

“红脚隼勇士，行行好吧！我快死了。不过，如果你能帮我把病治好，使我恢复原来的体力，我保证这辈子都将永远记住这件事。”

红脚隼答应帮他的忙。他开始给猫头鹰弄吃的，没过多久猫头鹰的病就好了。

一次，他俩白天一同出去觅食，但毫无收获。这时，猫头鹰恶念萌生。他把红脚隼叫到跟前，出其不意地对他说：

“我要吃掉你！”

“这是怎么回事？难道不是我救过你的命？你可是曾经发过誓，说今生今世也忘不了这件事。”红脚隼难过地说。

“只有驴才会以德报德。”猫头鹰说完，扑向红脚隼。

红脚隼却并不慌乱，他及时飞离猫头鹰，高高地升到空中。

然而，大家也都知道，在白天，猫头鹰的视力极差，他本想扑向红脚隼，却一下子撞到凸出的石壁上，掉到了地上。

一些从这里飞过的大鸟看到这一情景，都批评猫头鹰忘恩负义，夸奖小小的红脚隼心眼好且机敏。

蛇和渔夫
（俄罗斯）

两个渔夫住得很近。他俩到海上去捕鱼来卖，但后来没有鱼了，可还得想办法活下去。一次，他们的妻子对他们说："你们干脆去打工吧。"

他俩听了妻子的话，便出发去找工作。他们走了一天，两天，三天，都走烦了，还是没找到工作。他俩来到一个村子，住了一晚又走。第二天他俩从草原上走过，天热极了，口渴得要命。他们看见一条小溪，便过去喝足了水，再往前走。临近中午，他俩都很累了，想吃点东西。"我累了，再也走不动了，"一个说，"咱们歇一会儿吧！"另一个回答说："你歇着吧，我到村里去讨点面包。"

一人到村里去讨面包，另一人留了下来。他看见一块石头，便在上面坐下。不想石头下面盘着一条蛇，他就这样把蛇压住了。他坐在石头上，突然听见下面有人说话："你放了我吧，渔夫。"

渔夫可怜蛇。他站起身，搬开石头，蛇爬出来后，上前即缠住他的脖子。蛇想咬死渔夫，可他请求道："你这是要干什么，蛇？人都是以德报德，可你想以怨报德？不要咬死我吧。"蛇于是爬回地上，说："咱们走，老乡，遇到人咱们就问，人们是怎样报恩的。"

渔夫同意了，他俩结伴前行。他俩正走着，对面走来一头公牛。渔夫问他："请你告诉我们，人们是怎样报恩的？"公牛回答说："人们都是以怨报德。我帮主人耕地、播种、运水。到时候主人还要宰了我，煮我的肉吃，剥我的皮，把皮铺在地上踩来踩去。"蛇于是说："你听见了吧，渔夫？我要咬死你，""不行，蛇，咱们再往前走吧！"

他俩走呀，走呀，碰见了马。渔夫问："马，请你告诉我们，人们是怎样报恩的？我跟蛇争论了大半天，我说他们是以德报德，蛇却说他们是以怨报德。"马听了以后说："我已经为主人干了二十年活儿，老了，他便不再给我加饲料，还说要宰了我，剥我的皮。不，人们是以怨报德。”蛇说：“你听见马说些什么了吧，渔夫？咱们走，我要咬死你。”“不，蛇，咱们再去找第三个人问问。”

他俩走呀，走呀，迎面来了一头驴。他俩问他：“驴，你说人们是怎样报恩的？”驴回答说：“他们都是以怨报德。”这时，渔夫对蛇说：“那你就咬死我吧。”可蛇对他说：“我那是在考验你，渔夫。我会好好报答你的。”

蛇把他领到那块石头跟前，钻到石头底下，给了他一些金子，还对他说：“你如果缺钱花，就来找我。”

渔夫拿了金子便走。他就靠那点金子过日子，也不去找工作了。等他花完了那些金子，就去找蛇，蛇又给了他钱。这些钱也花光了，他第三次去找蛇。蛇给了他钱。渔夫离开后想：“他干吗给那么少呢？”

他把第三次要来的钱也花光了，又去找蛇。他边走边思量：“他干吗给那么少，我要到那里去杀死他，把所有的钱都拿走。这样我就有了很多金子，日子会过得舒舒服服。”他心想，而他的这些心思都被蛇猜中了。

渔夫来找蛇，蛇便咬了他一口，把他咬死了。

狐狸商人

（俄罗斯楚科奇）

冬天里的一天，冻土带上寒风肆虐，看不见一只野兽。一只饿坏了的狐狸对他妹妹说：

“要是想不出什么办法，咱们跟孩子都会饿死。”

他俩一个扮成俄罗斯商人，另一个扮成翻译员，晚上来到游牧营地。

他们在那里受到很好的款待，有肉吃，有茶喝。这时，扮成商人的那只狐狸说：

“佩——波——普——尔！”另一只狐狸翻译说：

“这位商人愿意用一袋砂糖换你们一头鹿。”

“啊，这真是太好了，太好了！”楚科奇人说，给了“商人”一头大的肥鹿。

等游牧营地里大家都已入睡，“商人”和“翻译”牵着鹿赶紧回家。早上，楚科奇人想起了客人，可他们连影儿也不见了，等再解开袋子，发现里面根本不是糖，而是一袋雪。

傻母鸡

（安哥拉）

一次，母鸡到林子里去拾柴火。突然，一个椰子掉到她脑袋上。她倒是没被砸死，但也吓得出了一身冷汗。母鸡觉得仿佛是天砸到她头上来了，于是拔腿就逃。迎面走来一只鹅。

“你这是急忙上哪儿呀，小妹妹？”

“去找村长，告诉他林子里天塌下来了。”

“我也跟你去！”鹅大声说，于是他们一同向前跑去。

迎面走来一只火鸡，问他们：

“你们这是上哪儿？”

“老兄啊！”母鸡大声说，“我在拾柴火，突然天塌下来砸到我头上。我们得赶去把这一消息告诉村长。”

“我也跟你们去！”火鸡说。于是他们仨向前跑去。

快进村时，他们遇上一只鬣狗。他也问他们忙着上哪儿。

“老兄啊！我们要去见村长，告诉他林子里天塌下来了。”母鸡、鹅和火鸡异口同声地说。

“你们要是想去找村长，就应该走另外一条路，”鬣狗说，“我刚从村里回来，他不在那里。怎么样，我领你们去找他？”

母鸡、鹅和火鸡信了鬣狗的话，跟在他后面走去。半路上他们掉进一个坑里，鬣狗将他们弄死后吃进肚里了。

所以说，心眼儿太痴绝不会有什么好结果。

狐狸和蜥蜴

（安哥拉）

狐狸和蜥蜴是好朋友。有一次，他俩说好一同去洗澡。蜥蜴早早到了河边，还带去了花生。他生了火烧花生吃，然后洗了个澡，但还不见狐狸来。于是，蜥蜴留了一些花生给狐狸，忙着办自己的事去了。他刚走，狐狸就到了。狐狸看见花生后说：

“啊！这是我的朋友留给我的。”

他吃完花生，洗完澡，也朝着蜥蜴走的方向走，去干自己的事去了。

在路上，蜥蜴看见一条大蟒被一棵倒了的大树压在底下。

“啊，朋友，救救我吧，”大蟒呻吟着，“我怎么也不能从这树下爬出去。你要是能把这棵树稍微抬起一点儿，我将今生今世牢记你的大恩大德。”

蜥蜴二话没说便上去抬那棵树。大蟒得救了。

“哎哟！”大蟒呼哧呼哧地喘着气，长叹一声，“我在这棵树下躺三天了，饿得都能吃下上百只蜥蜴了。我第一个要吃的就是你。”

“怎么，我帮了你的忙，你反过来要吃我？”蜥蜴气愤地说。

这时，路上出现了狐狸。

“大蟒，你在这里干什么呀？”他问。

“我打算吃掉这条蜥蜴！”大蟒说着，张开大嘴咬住了蜥蜴。

“你等等，不要吞了他！”狐狸喊道，“我从没见过蜥蜴！先让我看看，然后你再吃掉他也来得及。”

大蟒张开大嘴，蜥蜴一蹦蹦到地上，同狐狸一起跑了。

“咱们到我家去吧！”蜥蜴提议说。

“不，我得赶回家！”狐狸谢绝。

“那你什么时候到我家去呢？”蜥蜴问。

他们说好狐狸下星期去蜥蜴家，便分了手。

在约好的那天，蜥蜴杀了一只公绵羊和一只鸡，想好好招待一下救命恩人。

但狐狸快走到朋友家时，经不起诱惑，偷了只鸡后马上转身往回走，回家吃掉了鸡。

第二天又是这样。第三天也还是这样。蜥蜴家有很多只鸡，狐狸每天去偷走一只。

于是，蜥蜴对孩子们说：

“有人偷我们的鸡。你们到鸡窝附近去下夹子，而且夹子里要放一只小鸡。”

就在那天，狐狸被夹子夹住了。蜥蜴的孩子当场抓住了他。大儿子举起刀要杀他，他拦住说：

“别杀我。杀了我你父亲会受到众人的唾骂！”

孩子们跑去找父亲，向他转达了狐狸的话。但老蜥蜴说：

“胡说八道！他是小偷，我们绝不会受人唾骂。你们快去把他杀了，然后把尸体弄到这里来！”

孩子们回到下夹子的地方，大儿子又举起刀，但狐狸说：

“不，不！你们再去见父亲，告诉他，他的狐狸朋友在这里！”

孩子们又跑去见父亲，本来想把狐狸的话说给他听，但老蜥蜴不让他们往下说：

“我什么也不想听！照我的吩咐去办吧。”

孩子们杀了狐狸，把尸体运回家。

老蜥蜴看见是他的朋友，心里十分难过。

“我并没有对不起你，朋友，”他说，“我请你来吃饭，为了你我没有什么舍不得的。你却情愿去偷。只好怨你自己了，朋友。”

聪明误
（安哥拉）

公山羊咩咩很聪明，而公绵羊科博虽正直，但有点憨厚。不过，奸诈与贪婪常常会把聪明人给坑了。

公山羊和公绵羊曾是好朋友。有一次，他俩应邀到另一个村子去参加婚礼。路程相当远，他们得在途中住两个晚上。

公山羊对自己的好友说：

“只有我们村里的动物叫我咩咩，其他地方的动物都叫我津扎[1]，所以你听到他们叫我另一个名字时，请不必大惊小怪。”

“知道了。”公绵羊说。

在他们头天投宿的那个村子，人们把饭端上来时说：

“这是给津扎准备的晚餐。”

---

① 即客人。——原注

公山羊把端上来的食物都挪到自己跟前，开始吃起来。

“难道你什么也不给我？”公绵羊问。

“你也听见了，说晚饭是为津扎准备的，是给我准备的。也许过一会儿再端给你吧！”

这天夜里，公绵羊只好空腹躺下睡觉。

第二天早上，公山羊和公绵羊继续赶路。晚上他们到达另一个村子，那天夜里又跟头天晚上一样，给他们端上来很多吃的，不过人们也同样说是为津扎准备的，所以还是公山羊独享。

他俩终于来到目的地。他们住在一个朋友家里，给他们端上好吃的饭菜，还告诉他们说：

“这是给津扎准备的。”

公绵羊已经饿得没一点儿力气，但他不敢去吃一口饭菜。而且公山羊也根本没有与他分享饭菜的念头。他这个老饕，就算是给他两份饭他也不会嫌多。夜里，等别人都已入睡，他还潜入地窖偷吃了能找到的所有食物。

早上，主人发现地窖里的食物全没有了。夜里院门是上了锁的，这就是说，别人不可能进去。所以显然是客人所为。

主人对公山羊和公绵羊说：

“夜里我家房门是锁着的，但地窖里的食物被盗了。只有津扎才有可能干这种事。你俩，到底是谁偷的？”

“他可是亲口说过，”公绵羊回答说，“津扎是他的名字。”说着，他还指了指公山羊。

“不对！我不叫津扎，我叫咩咩！”公山羊嚷嚷起来，“是绵羊吃光了，因为他足足饿了两天。”

“为什么会这样？难道你昨天也没吃什么东西？”

“因为你端上来的饭菜是为津扎准备的，而他叫津扎，”公绵羊又指了指公山羊，“我叫科博。”

“不，我叫咩咩！”公山羊还在叫嚷。

“我们很快就会知道的。”主人说后，去弄来了催吐剂。公绵羊喝下，人们发现他胃里空无一物。公山羊好久都不愿喝，还一直喊冤枉。最后主人硬是逼着他喝，结果真相大白。公山羊被不体面地赶走，而公绵羊却吃得饱饱的。

这就叫作聪明反被聪明误。

蜘蛛和苍蝇

（拉脱维亚）

从前，统治全世界的就只有一个国王。他的权力很大，不仅人，所有的动物、昆虫和世界上一切生命都得听他管。那时候情况还很糟糕：世界上没有火。太阳一落山，四周围便漆黑一片，而且想找个烤火的地方也没有。大家也都知道，在地底下很深的地狱里有火，但是没一个人能到那里去把火种盗出来。国王答应给盗火人很高的奖赏。不少人都试过，但没一个人成功。而国王又很想在自己在位期间能给人们弄来火。他召集所有的谋士，要他们考虑一下，该给盗来火种的人什么奖赏。这些谋士经过多次讨论，作出如下决定：谁要是能为国王盗来火种，不仅他本人，还有他的子子孙孙，在每张饭桌上都能白吃白喝，任何人也不得对他们下禁令，也不许轰赶他们。

这个消息很快在走兽、牲畜、飞禽、蛇类和昆虫之间不胫而走。不过没有谁能从骇人的地狱里把火种盗来，有的动物还因此丧生。

蜘蛛也得到了这个消息。他马上决定要去盗火种，还开始麻利地搓起了绳子。他搓好了一大堆绳子，跟任何人都不打招呼，便独自到地狱去了。他一下到地狱，先把绳子结结实实地系在上面，然后下到火烧得最旺的地方，躲在一个最黑暗的角落，以免被人发现。他找到一个合适时机，偷偷摸到火堆前，捡起一个大炭火块，像爬楼梯一样顺着绳子往上爬，顺利地回到地面。虽说蜘蛛善爬，但这次路途太长，负荷又重，所以已经筋疲力尽，找到个安全地方便躺下来休息，炭火块就放在他的头的那端。蜘蛛只打算打个盹儿，但因为他太疲倦，很快便睡着了。已经日上三竿，牲口已在往外轰，可蜘蛛还没睡醒。附近有只苍蝇在乱飞，他突然闻到了一股怪味。他环顾四周，看见了奇迹：就在蜘蛛头的那端有炭块在熊熊燃烧！不用说，苍蝇知道火种的主人是蜘蛛，但他怎么办？

他说：

“这样一个马大哈要火种干什么？睡得那么沉，火种不一会儿就灭了！所以我比他更适合得到奖赏。”

苍蝇麻利地拿火种，飞走了。他一路嗡嗡叫，给国王送去了火种，并且说是他从地狱里盗来的，是想讨赏。国王为了表示对苍蝇的谢意，下令摆很丰盛的宴席，还发给他一张证书，给了他在任何饭桌都可以白吃白喝的权利。

蜘蛛一直到大中午才醒过来，看见太阳已经很高，为自己睡了这么长时间而吓坏了。他在原地找不到火种，更慌乱起来，像个疯子到处乱跑，碰到人便打听是否有谁又把火种送回了地狱。大家都笑话他，叫他疯子，说他胡说八道，说实际上是苍蝇刚把火种交给了国王。

蜘蛛听到这个消息，一下子傻了，气得大声喊道：

“苍蝇是小偷！苍蝇是小偷！我告诉你们，是他偷了我的火种！是我从地狱里盗出来的，该拿到奖赏的就我一个！”

大家都竖起耳朵听蜘蛛嚷嚷，还说他这是白费劲，因为证书已经颁发给苍蝇了。这更使蜘蛛火冒三丈。他说不能把自己该拿到的奖赏拱手让给小偷！

蜘蛛气冲冲地跑到国王那里，告了苍蝇一状，说苍蝇昧着良心偷了他的火种。可苍蝇说：

“蜘蛛撒谎！谁见过他拿火种呢？”

国王命令蜘蛛：

“快找出证据！要是找不出证据，那就请从我这里走开。”

蜘蛛说：

“那根绳子现在都还拴在地狱里，我就是爬着它下去盗火种的。”

但这无济于事，因为他提供不了证明苍蝇犯有偷盗罪的证据，最后只有一路骂着怏怏离去。

他回去后把所有的蜘蛛都召集起来，告诉他们说苍蝇偷走了他的劳动果实，并以此窃取了功劳。苍蝇不仅偷了他的东西，还大肆诽谤他，因此也就给所有蜘蛛抹黑了。所以，蜘蛛应该找到所有的苍蝇报仇。其他蜘蛛都同意他的意见，决定往后织网捕捉苍蝇，只要捉到马上把苍蝇的头去掉。

就从那时起，所有的蜘蛛都织网捕捉苍蝇。

可如今苍蝇在任何饭桌上也还是可以白吃白喝。

贪婪的乌鸦

（吉尔吉斯斯坦）

有这么一只母乌鸦，她什么也不缺，就是总觉得别人的东西都比她多。

有一次她下了蛋。她看着这些蛋，总觉得有点少。

她等到母老鹰飞出窝，跑到她那里去偷了两个蛋，拿回来放进自己窝里，跟自己下的蛋一同孵。

小雏很快出壳了。乌鸦喂他们吃，精心抚育他们。很快，小乌鸦都长大了，羽毛也丰满了，身体也长结实了，开始自己往窝外飞。

她孵出来的小鹰也长大了。他们先吃掉小乌鸦，然后把母乌鸦也吃掉了。

乌鸦太贪心，结果遭了报应。

没耐性的松鼠

（安哥拉）

众兽决定将松鼠扶持上皇帝宝座。松鼠说：

“那就今天吧！最好现在！”

众兽说：

“我们得先找到皇帝的权杖。”

“今天就找来吧！”松鼠要求说，“现在就去找来好了！”

众兽不能马上找来权杖，而没有权杖松鼠又不能行使权力。结果他没能当上皇帝。

所以俗话说：“松鼠本来可以当上皇帝，就是因为太没耐性了！”

豹、羚羊和小羚羊

（非洲）

羚羊和小羚羊是同村里的隔壁邻舍，小羚羊可比羚羊狡猾多了。

一次，小羚羊宣布说：

“我要让我的孩子都能睡豹皮。”

他做了一个调了椰子油的香喷喷的菜，谁见了这个菜都馋得直流口水。他将这个菜放在头上，便进树林找豹去了，并且很快就遇上了正在树底坐着的豹。他径直朝豹走去，装出想从一旁走过的样子。等豹闻到有好吃的东西，便把他拦住，问他：

“你这是上哪儿？”

小羚羊回答说：

“给狮子送好吃的东西，表示友好。”

这时豹提议说：

“你留下来吧。为了表示我们的友好，我们来把这个菜吃了。”

小羚羊不干，说：

“你会把我骗了，把我吃掉。”

“你说什么呀，”豹回答说，“我不会吃你，你是我的朋友嘛！”

豹馋得快受不了啦，小羚羊便让他尝了一口，给了很少一点点，还说：

“先生，你的指甲真叫我害怕。”

豹拿起剪刀，把指甲剪得很短。

即使如此，小羚羊还是不让豹吃菜，还大声说道：

“不，先生，我还是要走。你那一口牙我见了都发抖。”

豹只好拾起一块石头，把满口牙都打掉。

但小羚羊还是说：

“你的两只眼睛射出一道凶光，叫我吓得直想跑。”

豹是个馋嘴精，听了小羚羊的话，二话没说立马剜出两个眼球。小羚羊看到他已经站立不稳，于是砍下他的脑袋，剥下他的皮，然后回家了。

就这样，轻信与贪吃把豹毁了。小羚羊后来如法炮制了好几次，直到给他的每个孩子都弄了一张豹皮。

羚羊听说这件事以后，简直是忌妒得要命。他打算弄死小羚羊，把他的财产据为己有，可是没办成。当他不再抱着夺财害命的希望之后，决定也学小羚羊去试试运气。他找到豹，把一盘好吃的东西塞到他鼻子底下，说：

“你请吃吧！”

豹开始吃起来，可他马上提出要求：

“现在把你的皮给我。”

豹勃然大怒，把他抓住吃掉了。

就这样，贪婪也毁了羚羊。

所以，做人不能像豹那么贪吃与轻信，也不能像羚羊那么好忌妒别人。

驴与鬣狗

（非洲豪萨）

驴在驮运重物。人们经常赶他，揍他。而他在重压下，背都弯了。有一次，鬣狗问他：

“驴大哥，请你告诉我，为什么你老是驮很重的货，又还总是挨揍呢？”

“就因为我爱驮重的东西。”

“真的是这么回事吗？!”

“真的。”驴说，“你只看见有人揍我，却不知道正是因为这个原因，人们给我撒上花生面的干肉吃。”

这时鬣狗问：

“明天咱们可不可以一起走呢？我也想驮重的东西。”

“行啊。”驴说。

“这么说，明天我同你一起出发，我也要驮东西。”

鬣狗喜上眉梢。

第二天，他们一同上路了，鬣狗也驮上了很重的东西。可是他说，要是不给他干肉吃，他就不驮东西。当挨第一鞭时，他回头看，却没看见有人伸手给他干肉吃。他在一步步地朝前走，却在不断地挨揍。鬣狗最后变得体衰无力，话都说不出来了，只有当被揍得太厉害时，有气无力地哼哼两声。

“哎哟，肉啊！哎哟，快给我干肉吃啊！”

他就这样一直走到了休息地，等他刚把背上的重物卸下来，他就跑掉了。等跑了一段距离之后，他说：

“哼，驴大哥，我绝饶不了你。等有机会我要是见到你单独一个人，非把你吃掉不可。”

有人说，就是从那时起，驴和鬣狗之间开始不和。人们要是大半夜里听到鬣狗在嚎叫，那就说明他在喊着要撒上花生面的干肉吃。

老鹰和抱窝的母鸡

（菲律宾）

从前，野兽跟人一样会说话。当时有一只年轻貌美的小母鸡。老鹰爱她，她也爱老鹰。

“这是我买来送给你的项链。”有一次老鹰对她说。

小母鸡收下项链。项链挺好看，她很喜欢。

“我将戴在脖子上，”她说，“等我一学会飞，咱俩就结婚。”

老鹰满意地飞走了。

第二天，公鸡发现了母鸡脖子上的项链。

“你是从哪儿弄来这条项链的？扔掉它！”公鸡用命令的口吻说，“咱们是未婚夫妻。除了我的，你不能再接受别人的礼物！”

母鸡扔掉了项链。过了一些日子，她跟公鸡结婚了。

很多天过去，老鹰回来了。他给母鸡带来不少礼物，但母鸡不敢见他，因为这段日子她成了抱窝的母鸡，藏在草丛里。她知道老鹰会生气，因为她太不仁义了。

老鹰到处找她，终于在草丛里找到了。他一眼就看见她脖子上没有项链。

“我送给你的项链哪儿去了？”他问。

“我玩的时候把它丢了。”抱窝的母鸡回答。

老鹰知道母鸡在撒谎。他向她要回项链，但她已经拿不出来。老鹰气得诅咒了她一通。

“从今往后咱俩势不两立。”他对她说，“你将永远用喙在地上寻找我的项链，直到找着为止；而从今天起我将把你的小雏抓来吃掉。”

水獭判案

（缅甸）

一天，在水獭称王的那座大森林里发生了这么一件事。猴子在森林中散步时弄坏了一只会唱歌的小鸟的窝，小鸟对这种暴行感到十分气愤，于是去向水獭告状。水獭答应要重重地惩罚这个居心叵测的肇事者。对猴子的审判定于第二天举行。

小鸟在指定的时间去见水獭。他嘴里叼着一根挂满果子的小树枝去送给首席法官。其他野兽也都到了水獭那里。现在就等猴子了。

这时，猴子正在考虑如何对付审判。他知道自己有罪，理应受到惩罚。但狡猾的猴子在想法逃避制裁，他花了很长时间，一直在想首席法官都有哪些癖好。最后才想起水獭爱吃鱼。猴子马上去抓了一尾最大的鱼，跑去找水獭。

猴子来到法庭的时候，水獭已经心满意足地把小鸟送去的野果吃得所剩无几。水獭十分满意小鸟送去的礼物，他一再保证向小鸟，猴子一定会受到严厉的惩罚。猴子走到水獭跟前，把带去的礼品放在他身后。

然后他恭恭敬敬地走近水獭，对他说：

“尊敬的法官，判案的时候你得瞻前顾后才是！”

水獭听懂了他的暗示，回过头去看见身后有一尾自己特别爱吃的大鱼。他又往前望了一眼，看到了小鸟送去的野果。但水獭更喜欢吃鱼，所以他再一次前后各看了一眼，宣判道：

“猴子无罪。你这小鸟干吗要在猴子散步的地方搭窝呢？你的窝搭的位置不对，这样做是违法的。所以你应该受到惩罚。”

老鼠和麻雀

（俄罗斯）

从前有一只老鼠和一只麻雀。他俩一直友好相处，相互间从未红过脸，遇事共同商量，什么事都齐心协力去干。

有一次，他俩在路上捡到三粒黑麦籽儿。该怎么处置这三粒黑麦籽儿呢？他俩想来想去，最后还是决定把它们种到地里去。小老鼠先去把地犁好，小麻雀随后再把地耙一遍。

黑麦的长势好极了！他俩把熟透的黑麦一粒一粒地收割下来，然后平分收成：你一粒，我一粒，你再一粒，我再一粒……分来分去，最后还剩下一粒。

这时老鼠说：

“这粒黑麦籽儿应该归我，因为我犁田时，用力得鼻子和爪子都是血。”

麻雀也据理力争，说：

“不，这粒黑麦籽儿应该归我，我耙地时弄得翅膀都出血了。”

他俩到底争论了多长时间，只有在场的人知道，别人是不得而知的。只知道最后麻雀突然叼着剩下的那颗麦粒飞走了。“让他来追我吧，看他能不能把麦粒夺走。”他心想。

老鼠并没去追麻雀。他先是为自己挑起这场争端而伤心不已，而后把自己的那份麦子搬进洞里。他等呀，等呀，想等麻雀飞回来，同他言归于好，但是一直没能等到。于是，老鼠把麻雀的那份麦子也搬进洞里，倒入自己的谷仓。整个冬天，老鼠都吃得饱饱的。

麻雀呢，除了叼走的那颗麦粒，他一无所得，只好整天饿着肚子熬到春天的到来。

聪明反被聪明误

（安哥拉）

狐狸和鼹鼠是好朋友，他们决定住在一起。

狐狸说：

“老弟，我负责捉鸡。”

“我呢，”鼹鼠说，“负责弄来面粉。”

“好吧。”狐狸说。

然后两人躺下睡觉。

早上，狐狸到村里去捉鸡。鼹鼠在地底下挖了个直通女人们磨木薯和山药面所在的通道。他偷到一篮子面粉，倒进随身带去的口袋里，然后扛着回家。狐狸已经在家，他从村里捉来一只母鸡。他俩张罗吃饭，饭后躺下睡觉。

第二天早上，狐狸又说：

“朋友，我捉鸡去了！”

“我去弄来面粉。”鼹鼠说。

他俩分手了。这次狐狸捉到一只公鸡，鼹鼠又弄来一袋面粉。他俩炖了公鸡，煮好糊糊。狐狸提议说：

“咱俩先去洗个澡吧，回来再饱饱吃一顿。”

“好吧。”鼹鼠说。

他俩来到河边，狐狸游到河中心又返回来。鼹鼠说：

“我要是扎猛子，能在水底下待很长时间。”

“我相信。”狐狸笑笑。

鼹鼠一个猛子扎下去，从水底下游到河岸，钻进他事先挖好的通道，爬回家取出他和狐狸做好的饭菜，吃了个精光，然后再回到河里，浮出了水面。

“怎么样，现在咱们回家吧！”他对狐狸说。

他俩回到家，狐狸看到所有的饭菜已被吃光。

“鼹鼠老弟，是谁吃了咱们的饭呢？”他问。

“我不知道。”鼹鼠回答，“咱俩是一同去洗澡的，我怎么知道是谁偷吃了？”他俩躺下睡觉。

早上狐狸说：

“我去捉鸡。”

“我去弄来面粉。”鼹鼠说。

狐狸捉了只母鸡回家。鼹鼠偷了袋面粉，回到家看见母鸡已经炖好。他熬好了糊糊，说：

“老兄，咱俩先去洗个澡吧！”

狐狸说：

“咱们像昨天那样做好了饭，结果让别人吃了。”

“没事儿。”鼹鼠说，“今天咱们不会耽搁太久。”

“好吧。”狐狸同意。

结果事情又跟昨天一样。

狐狸回到家一看，失声大喊起来：

“老弟，又有人偷吃咱们的饭菜了！”

“不可能。”鼹鼠说。

“我就告诉过你，咱们先吃饭，可你坚持要先去洗澡。你看，咱们现在可要饿肚子了。”鼹鼠不吱声。他俩躺下睡觉。

第三天狐狸说：

“中午我去捉鸡。”

“我现在就去弄面粉，”鼹鼠说，“要是去晚了。女人们磨面完，就扛走了。”他走以后，狐狸想：“是不是他把饭吃了？我倒是要去看看他的那些通道都通向哪儿。”他在草丛中找了一阵子，找到两个土包，一个在屋后，一个在河边。他做了个夹子，塞进地下通道，然后进村去了。他从村里捉了只公鸡回家。鼹鼠已经先回来了。

“咱们做饭吧。”狐狸说。

等做好饭了，鼹鼠又提议说：

“咱们先去洗个澡吧！”

狐狸同意。他俩向河边走去。就在狐狸游泳的时候，鼹鼠一个猛子扎下去，钻进地下通道跑了。快到家时他被狐狸下的夹子夹住了。

狐狸等了大半天，等鼹鼠浮出水面，但一直不见他出来。“我回家去看看。”狐狸拿定主意。他回到家一看，饭菜还放在老地方。狐狸往鼹鼠的地下通道一瞧，看见他的朋友被夹子夹住，死了。

“你这是活该。”他说，“这就是偷吃我的鸡付出的代价。”

他把鼹鼠煮着吃了，开始一个人过日子。

狮子的忠心

（格鲁吉亚）

有个人越狱出来，逃进深山老林。他跑了很多地方，终于在一个峭壁处找到一个深洞，就在里面安顿下来，最起码也可以避避雨嘛。太阳落山的时候，他看见一头很大很大的狮子进来了。这个人吓得面如土色，浑身发抖。他明白自己占了狮子的住所，可想跑又来不及了。

此时，狮子正一跛一瘸，呼哧呼哧地向石洞走来。他一看见里面有人，马上伸出爪子。逃犯看出狮子并不可怕，便走向前去，瞅见狮子的爪子上扎了一根很粗的刺，整个爪子又红又肿。逃犯帮狮子拔出刺，挤了脓包，还扯下衣袖包扎了伤口。从此，狮子和逃犯便成了莫逆之交。狮子帮逃犯去弄来吃的，他们就这么生活着。

而那个国家惩办犯人的方法是把他们扔给狮子。此时他们还在到处搜捕那名逃犯，要把他抓回来执行判决。

最后那个逃犯和狮子一同被抓到了。大家都很惊讶，他们俩居然待在一起。逃犯被关进监牢，狮子被送到笼子里，同其他狮子关在一起。

有一次，国王、王后和他们的近臣举行欢宴，国王下令囚犯跟狮子搏斗，以博一乐。他命令牵来了五头狮子。可是最大最强健的那头狮子挡住了其他四头的道，一会儿把这头拱倒，一会儿把那头掀翻。国王、王后和近臣们都感到纳闷。他们叫来囚犯，问他狮子奋不顾身保护他的原因。他说了自己跟狮子的友谊及缘由。国王很赞赏狮子的忠诚，于是下令把囚犯和狮子都放了。

小兔子搬家

（俄罗斯楚科奇）

一只乌鸦从高山上向下滑行，弄折了翅膀，一头栽到河里，被冰冷的河水卷走了。他看见邻居小兔子在河岸上，忘了自己曾经欺侮过他，喊道：

“喂，邻居，救救我！”

小兔子看都不看乌鸦一眼，还继续在岸上拾柴火。

小兔子往家里拉回很多柴火。他母亲烧好茶，把邻居都叫来喝茶。大家都夸小兔子能干，说他虽个子小却拉回满满一爬犁柴火。

邻居中有乌鸦的母亲，她问有谁见过她的儿子，大家都说：

“没有，没看见。”

只有小兔子说，他看见乌鸦做客去了。

晚上，大家都躺下来睡觉，小兔子告诉母亲说：

“明天咱们搬家吧。”

“行，”母亲说，“搬了家乌鸦就别想再欺侮你了。”

“我不想再见他母亲！”

于是，小兔子和母亲搬到另一个地方去住了。

兔子和斑马

（非洲）

从前有两个朋友，他们是兔子和斑马。兔子还没结婚，可斑马已有家室，而且妻子很快就要分娩。斑马得到老丈人家去报告这个喜讯，可是丈人家离得很远，他很不想单独前往。于是他去请自己的好友兔子结伴同行。

“我的朋友，跟我一道上丈人家去走一趟吧！”

兔子同意了，很快就收拾妥当。

他俩上了路，顺利地到达目的地，受到了热情款待，主人端上来一大罐啤酒、一只大母鸡和一只羊，任由他们吃喝。主人把母鸡和羊对劈成两半，一半给斑马，一半给兔子。兔子很快吃完了分到的肉。斑马只吃了那一半母鸡，把那一半的羊肉装进口袋里，带回家给妻子。

该回家了，他们又踏上了归途。路上，兔子觉得有些不痛快，心里酸溜溜的。因为斑马往家里带肉，而他却什么也没带。而且他很想吃了斑马带的那块肉。他跑上前，倒在路上变成一把勺子。斑马走过来，明白这是兔子所变，于是说：

“你想让我拾起勺子放进装肉的口袋里，你想吃掉我带的肉，办不到！”说完，斑马便上前赶路。

兔子变回原来的样子，穿过丛林跑到路上，又倒下变成一把刀。斑马走过来，看见路上有一把刀，马上就知道是兔子变的把戏，说：

“嘿，你真够狡猾的，兔子！你真是太眼馋我带的这块肉了！”斑马又没拾起刀子。

兔子于是又变回原形，很快向朋友的家跑去。他跑到斑马的妻子正在刨土豆的地里藏好，变成一对孪生男孩。斑马的妻子毫不觉察，回家了。斑马并不直接回家，而是先来到地里，他心想妻子此时此刻会在地里干活。他看见了双胞胎，很为他们感到高兴，把他们放进口袋里便回家了。

斑马回家见到妻子，问她：

“你为什么把孩子放在地里，不把他们带回家？”

妻子觉得莫名其妙，不知道他在说什么。

这时，斑马才发现妻子还挺着大肚子，终于明白这是兔子捣的鬼。他赶到地里，看见兔子正从口袋里往外蹦，他吃完口袋里所有的肉跑了。

斑马冲他身后喊道：

“你这样待我，我也会这样报复你！”说完，跑去追兔子。

兔子爬上树，斑马也爬上树，抓住兔子的爪子。

兔子说：

“你抓得我好难受，请你稍稍松开，我只调整一下爪子。”

斑马松开手，兔子立即挣脱掉，跑进了树林。斑马跑去追，又抓住兔子一只爪子。

兔子哈哈大笑，说：

“你真是个大傻瓜！抓住了树枝，还以为是我的爪子哩。”

斑马听了他的话，松开手。兔子马上跑向一个废弃的大白蚁窝，从下面溜了进去，这个废弃的白蚁窝下面有条通道。斑马也想钻进去，但洞口太小，身子被卡住了。于是，兔子跑去找斑马的妻子，对她说：

“你的丈夫死了，我将是你的丈夫。”

兔子就这样娶了斑马的媳妇做妻子。

请记住：你可以有很多朋友，但不能对每一个都完全相信。

知恩图报的兔子

（俄罗斯巴什基尔）

父母决定请亲朋来做客，他们吩咐儿子：“快去把客人请来，去叫你爷爷、奶奶今天来吃饭，去把你哥哥、姐姐、姐夫，还有别的亲戚都叫来，让他们把孩子也带上！”

可是儿子没听清楚父母的话。他跑遍全村，把大半个村子的人都叫来了，除了爷爷、奶奶、哥哥、姐姐、姐夫和别的亲戚，还有其他乡亲，足足有四十多个人。

客人们勉强能坐得下，很快便把饭菜一扫而光。这下子父母可犯难了。母亲问父亲：“怎么办？我们本来是只请亲戚，结果半个村子的人都来了。”

父亲说：“你跟你的淘气儿子说去吧，这件事得让他负责。”

儿子自己也弄得很不痛快，他正在树林里发愁，哭得伤心极了。忽然，草丛里蹦出一只兔子，对小淘气说：“别哭了，我的朋友。我知道你捅了篓子。还记得吗？冬天有一次你救了我，现在我不是用钱来报答你，而是来帮你渡过这个难关。你别哭了，回家去吧，一切都会很好的，我不骗你！”

小淘气从林子里回来了。四十多个客人还没走，他们坐在那里静静地等着，看主人还会给他们端上什么好吃的。

父亲和母亲丢尽了面子，真不知如何是好……忽然，他们看见林子里所有的野兽都正朝他们家走来。狗熊们扛着整箱的蜂蜜，紧随其后的狼群带来了羊肉，狐狸送来鸡和鸭，鹿们提来很多桶奶。

前来的还有兔子、松鼠，他们送来蘑菇和野果。田鼠送来整袋的粮食。

丰盛的宴席持续了三天三夜，人们酒足饭饱，尽情欢乐。

主人也挣足了面子。

猴子和猫

（菲律宾）

有一次，猫看见猴子正背着渔网赶路。

“猴子，你这是上哪儿去啊？”他问。

“到池塘去捉青蛙。”猴子回答。

“带我去吧！”

“你要是想去，咱们就走，只是你得背着这渔网。”

猫将渔网扛在肩上，同猴子一起向池塘走去。他们到池塘后，猴子说：

“这个池塘里有很多青蛙，咱们就在这里撒网吧。”

他俩说干就干。

“猫，你就留在这里，我到对岸去。”猴子说，“我只要到那边去吓唬他们，他们便往这边跑，就会直接进入网里。”

猴子围着池塘转了一圈，到对岸去找青蛙。他终于看见了一只，发出一声尖叫，好吓唬吓唬他。青蛙跳入水中。

“你快瞧，青蛙，他正向你游去呢，”猴子冲猫直喊，“抓住他！”

猫站在那里屏声静气地等着。刚看见青蛙落入网中，他也跟着往网里跳，抓住青蛙便往嘴里塞。然而那只青蛙太大，猫咽不下去，结果噎死了。

猴子向渔网跑去，看见猫已停止呼吸，只好叹口气说：

“你是因为太贪心才死的。”

猴子也不再捉青蛙，决定收拾渔网回家。在路上，他顺便去看了母猫，跟她谈了池塘里发生的事。

“他想把整只大青蛙吞下，结果噎死了。”猴子说。

母猫不信，放声大哭，说道：

“是你杀死了我那善良的好丈夫。”

“他很可能是个好丈夫，但是太贪心，想一口吞下一只大青蛙。”

“撒谎，是你杀了他！”母猫大声说。

“不，我没杀死他。”猴子回答，“你要是不信，咱们到池塘去看，你自己会看到的。”

他俩来到池塘，母猫看见青蛙腿还戳在那死去的丈夫嘴里，说明猴子没说错，他确实是让青蛙给噎死的。

“喵——喵！”母猫伤心地叫。

“库拉——库拉！”猴子毫不难过地回应一声。

有本事的人也不能太张狂
(埃塞俄比亚)

据说，有头狮子在洞口睡大觉。一只金龟子突然飞过来，在他的头上转圈儿。狮子醒过来说：

“别在我的头上乱飞，小东西！你的身子要是再大一点，我就一口把你吃了。可像你这样的小玩意儿，根本勾不起我的食欲！”

然而金龟子回答：

“我吵醒了你，现在让咱俩来打一架好了，胜者可以把败者杀死。”

狮子对金龟子的勇气感到惊讶，但他什么也没说，进洞睡觉去了。

可金龟子紧追不舍，冲着狮子一个劲儿地嗡嗡叫，最后钻进狮子的鼻孔，狠狠地咬了他一口，又很快飞出来。

狮子的鼻子马上流血了，像起泡沫的急流向外涌出。狮子倒下，撞了地几下，一命呜呼。

金龟子杀死了狮子，变得目空一切，不可一世，常用狂妄自大的口吻吹嘘：

“我战胜了兽王狮子，我在一对一地打斗中送他上西天了！哈哈，我杀死了世上最强有力的野兽！还有谁想来和我搏斗一场呢？任何一个勇士都不是我的对手！”

他满嘴大话，沙沙地扇动翅膀满世界乱飞，不小心撞在蜘蛛网上，翅膀、腿和整个身子都被缠在上面。这样一来，金龟子动不了啦。

这时，从小屋里爬出一只体弱的小个子蜘蛛，用蛛丝把这个自大狂裹住，把他弄死了。

有人常爱在人前自吹自擂“我要干一件了不起的大事”，却在小人物面前不知所措。

这个故事告诉我们：一个圣人大可不必吹嘘自己的才智，一个富家翁大可不必吹嘘自己的财富，一个力气大的人也大可不必吹嘘自己的力气。

鹫和乌鸦

（俄罗斯）

鹫向树林飞去，一路想：“我到哪儿去找点吃的东西？”他飞到树林，看见一只乌鸦待在树枝上。这是一只老乌鸦，干瘦得只剩下一身羽毛。他想了想，从一旁飞了过去。老乌鸦问他：“鹫大哥，你这是上哪儿去呀？”“乌鸦，我想找点东西吃。我现在往树林里飞，没准在那里能找到几只小乌鸦充饥哩。”老乌鸦对他说：“鹫大哥，你可得注意，别把我的孩子吃了。”鹫于是问乌鸦：“乌鸦，你的孩子都是什么模样呢？”“我的孩子一个个都天生丽质，体态端庄，甭提有多漂亮了。鹫大哥，你就算是从南到北，从东到西，跑遍全世界也找不到这么好看的！”鹫听了老乌鸦的这番话后说：“好吧，乌鸦，我不吃你的孩子。我到树林里去吃那些瘦弱难看的小乌鸦好了。”

鹫飞走了。老乌鸦还继续待在树上，一个劲儿地朝地上瞧。

鹫在树林里飞呀，飞呀，找到了老乌鸦的窝。他往窝里一瞧——里面全是一些长癞的小乌鸦。鹫三下五除二就把他们全吃光了。他吃饱后往回飞，老乌鸦看见他后问道："怎么样，鹫大哥，找到小乌鸦了吧？""找到了。""吃饱了？""饱了。""你吃的是什么样的小乌鸦，鹫大哥？说不定就是我的孩子呢？""不是你的孩子，老乌鸦。""那被你吃掉的那些小乌鸦都是什么模样呢？""都是一些长癞的。""你呀，鹫大哥，你吃的正是我的孩子！""可你不是说他们一个个都天生丽质、体态端庄吗？"鹫回答说："那就是我的孩子啊，鹫大哥，世界上就数他们最漂亮了。""噢，老乌鸦，可我要找的是一些难看的。再见了！"

就剩下老乌鸦还留在树上。从那时起，他开始哑哑地叫了。他叫一两声，向上一飞，然后再落到树上，还一个劲儿地往地上瞧。

狮子和庄稼汉

（俄罗斯）

从前有个庄稼汉。一次，他去给地浇水，一头狮子来到他的面前。庄稼汉吓得没了魂儿，可狮子说：

“喂，人，你不用害怕我，我非常欣赏你的勤劳精神。我们一起干活吧，收成对半分。”

“我是人，你是狮子，”人回答，“我们怎么能在一起干活呢？我害怕你。”

狮子安抚他说：

“请别害怕，我还想跟你交朋友呢。”

“好吧，咱们做个朋友。我来耕地、播种、收割，那你能干什么呢？”

狮子说：

“当打水的地方挤满力气比你大的人时，你无法把水弄来浇地。这时，我就到那里去看着，只要你还没把庄稼浇好，我就不许别人接近水源。夜里你在家睡觉，由我来看守你的地，绝不让过路人、小偷和牲口糟蹋。”

庄稼汉没有二话，于是他们开始在一起干活。渐渐地，庄稼汉的日子越过越红火。狮子也成了他最好的朋友。

他们互相串门做客。有一次，狮子来到庄稼汉家，他俩挨着坐下，又喝又吃。狮子说：

“喂，朋友，之前你还怕我呢。可现在你瞧，你已经摆脱穷困，过上了好日子。现在你对我还有什么看法呢，朋友？”

“你很不错，朋友，你干的事样样都好，只是你的嘴脸有些像狗。”

狮子很不高兴，说：

“喂，人，你去取马刀来，朝我的脖子劈。你听我说，就这样来吧！”

“可你是我的朋友，”庄稼汉不干，“我下不了手。”

狮子说：

“你知道我的性格，你要是不劈我，我就把你吃掉！”

庄稼汉被唬住了，只得抡起马刀劈向狮子的脖子。

狮子流着血，头也不回地跑进了森林。过了一段日子，狮子的伤口愈合，疤痕被鬃毛掩盖住，看上去就像没受过伤似的。

狮子找到了庄稼汉，说：

“怎么样？你能看出哪个地方是被马刀劈过的吗？”

庄稼汉端详了一阵，摇摇头。

“唉，人啊人！你看，用马刀劈的伤口能长好，恶语造成的伤口却永远也无法愈合。你怎么能把我比喻为狗呢？之前，我们是朋友，现在我们之间的友谊不存在了，从今往后我们将是敌人！”

鹤遭报应

（大洋洲）

有一次，鹤和秧鸡到海边去。路上秧鸡发现一个淡水坑，叫道：“啊，这儿有水！”

鹤回答：“走开，水是我的，是我先看到的！”

说着，他喝完了坑里的水。

他们又朝前走。秧鸡看见熟透了的香蕉，叫道：“啊，多大的香蕉！”

鹤回答：“走开，香蕉是我的，是我先看到的！”说着，他吃了全部香蕉。

他们又朝前走。秧鸡看见了面包树上结的果子，叫道：“啊，多饱满的面包果！”

鹤回答：“走开，面包果是我的，是我先看到的！”说着，他吃了面包果。

最后他们来到海边，看见了一只很大的海贝，正张开壳晒太阳。鹤说："秧鸡，你瞧，那是咱们的粮食！可怎样才能把他弄到手呢？"

"你的腿长，还是你先过去抓住他吧。"秧鸡回答。

鹤伸出一条腿，两扇贝壳啪的一声关上，夹住了他。鹤叫起来："秧鸡！秧鸡！快去弄块石块来，砸了这个贝壳！现在正在涨潮，我会被淹死的！"

秧鸡却唱道："你喝了水！你吃了香蕉！你吃了面包树的果！海贝也留给你自己吧！耶——耶——耶——"

几个大浪涌上来，鹤被淹死了。

爱说大话的大肚汉大象

（非洲）

有一天，大肚汉大象召集所有的野兽，对他们说：

“你们当中没一个食量比我大。你们都已经吃饱了，可我还在吃呀，吃呀，吃呀。”

这时狮子站起来说：

“我可以跟你较量一番。”

他俩开始比赛，吃了好长时间，结果狮子认输，大肚汉还在若无其事地吃。

这时豹站起来说：

“狮子比不过你，但我能。”

不过，豹很快也甘拜下风。任何一个想从食量上压倒大肚汉的动物都以失败而告终。

当那些大兽一个个退出比赛时，山羊站起来说：

“大肚汉先生！我能试试吗？说不定我能赢你。”

大肚汉回答说：

“行啊，你就来试试吧。不过那些大家伙都不是我的对手，你行吗？”

“还是让咱俩来比试好了。”山羊请求说。

他俩开始比赛。到了中午，可山羊还在继续咀嚼。时近傍晚，山羊还不认输，一直等天都黑下来了，到了回家时间，众野兽说：

“你俩够了，该回家睡觉了，明天再接着比试。现在先回洞里安歇。你们吃了那么多。”

众野兽走了，他俩留了下来。

大肚汉和山羊躺下睡觉。夜里大肚汉醒来，听见山羊还在咀嚼。而洞里除了石头，就再没有什么可咀嚼的了。

“你还在吃？”大肚汉问。

山羊回答：

“起来吧，你也要吃。因为你亲口说过谁的食量也没有你大。那你干吗要歇息呢？”

这时大肚汉想：“既然他连石头都吃，那他要吃掉我和我的獠牙可是不费吹灰之力。”

他刚冒出这个念头，立即钻出洞外，到离山洞远些的地方躺下来睡觉。

第二天早上，众野兽在这里找到他，问道：

“大肚汉，这么早你就在这里了？你怎么不在里面睡呢？”

大肚汉回答：

“我们昨天到你们指定的山洞里去睡了。可后来我醒过来，听见山羊一直在嚼东西。‘你夜里还吃东西？’我问他。他的回答是：‘那你在干什么呢？你也起来吃吧。是你答应和我比试的，现在却在睡大觉！既然这里没有青草，我就嚼石头。’我一听他这么说，心里就想：‘不好！等他吃完石头，就该吃我和我的獠牙了。’所以，我才从洞里出来找别的地方过夜。”

众野兽笑了，说：

“你跟我们比赛，净说大话，结果是山羊赢你了。我们以后不再叫你长獠牙的大肚汉了。从现在起，我们就叫你大象。而用你原来的名字来称呼山羊，叫他大肚汉山羊。”

比赛到此结束，众野兽各自回家。

太不够朋友的青蛙

（俄罗斯）

从前有一只雌青蛙，她住在一个圆圆的小水塘里。

一次，她从家里出来，噌的一下跳到岸上，再噌的一下跳到树林里，又连续噌两下，连回家的路也找不着了。

她东一跳，西一跳，最后跳到一条蚂蚁的道上。

好几十只蚂蚁爬到她的背上，成百上千只蚂蚁去咬她的肚皮。

“呱——呱，”青蛙哭了起来，“呱——呱，欺负一个迷路的，咬我一个饿肚子的，你们怎么就不觉得害臊呢？”

众蚂蚁良心发现了，一只只爬回地上，向青蛙鞠躬致歉：

“尊敬的大婶！请到我们家去做客吧，尝尝我们家的那些吃的喝的。”

青蛙来到蚂蚁家，坐在贵宾席上，又吃又喝，还唱歌和聊天。可她到底都聊了些什么，自己也说不出个所以然，因为她喝下的蜜实在是太多了。

有人给她铺好了床。可到底躺在什么样的床上，她自己也不知道。

青蛙醒来的时候，太阳已经升得很高。众蚂蚁早已工作去了，只有一只小蚂蚁推迟起身，因为他得收拾昨天晚宴用过的碗碟。

“请你爬到这棵落叶松上去，”青蛙请求道，“眼睛朝四下看看，看能不能看到我的家，我的圆的水塘在哪个方向……”

蚂蚁爬到树上，朝四下望了望，说：

“就在那边哩，你的水塘在西边闪闪发亮。你要是愿意的话，我从一条最近的道路送你过去。”

“那好啊！”青蛙满心欢喜，“咱们走吧，快点走，到家后我要好好招待你，”

“我可以给你带路，”小蚂蚁说，“不过，就不吃饭了。我们这些蚂蚁无论干活和休息都得集体行动。”

“好吧，好吧，那就叫他们都到我家去做客好了，只是最好能在天黑前赶到。”

小蚂蚁从树上下来，径直向水塘跑去。青蛙一蹦一蹦地紧跟在后面，而在青蛙身后是一道长长的蚂蚁队伍。这个蚁穴里的，附近蚁穴里的，还有远处蚁穴里的，整座树林里的蚂蚁，都动身到青蛙家去做客。

他们终于来到水塘边。青蛙转过身，看见岸上一片黑，一棵草也看不见。

“现在该怎么办？是我叫他们来的啊……”

“呱——呱，你们能到我家，我真是三生有幸！你们请先在岸上等等，我去安排饭。”

说完，青蛙扑通一声跃入水中。

众蚂蚁等了一天，等了两天，青蛙再也没有露面。

到了第七天，蚁王生气了。

“哼，”他说，“要想等青蛙请你吃饭，那非饿死不可。”

他把空肚子上的腰带勒紧了，回家去了。

所有的蚂蚁也勒紧了腰带，回各自的穴去了。

就是从那时起直至现在，所有的蚂蚁的腰都很细，而青蛙的眼睛都向外凸。

伤心的马鹿

（俄罗斯）

一只火红色的狐狸从绿草如茵的丘岗上来到黑黢黢的森林，还来不及为自己挖好洞，森林里的事对他来说就已经不再稀奇：熊已经老了，不中用了。

他于是满森林里去哭诉道：

“唉——呀——呀，真是倒大霉啊！我们的头领棕熊没几天活头了。他的金黄色大衣已经褪色，尖牙利齿已经变钝，爪子也不像原先那么有力。快呀，咱们快来集合，大家来议一议，看森林里谁最聪明，谁最漂亮，咱们就给他唱赞歌，推举他登上王位。”

在九座大山的山脚下，有九条江河在这里交汇，一道湍急的山泉上方耸立着一棵枝叶繁茂的雪松。这座黑黢黢森林里的兽类就会聚在这棵雪松树下。他们互相显摆自己的大衣，夸耀自己如何聪明，如何有力气和漂亮。

熊老头也来了，说：

“你们在吵什么？都在争论些什么呢？”

众野兽立刻安静下来。只有狐狸扬起尖尖的嘴，尖声尖气地叫道：

“啊，尊敬的熊，祝您万寿无疆，永远健康！我们在这里争论得不可开交，不过谁是谁非还得您说了算：我们当中到底谁最值得尊敬，谁最漂亮？”

“每人都有自己的长处。”老头子嘟囔道。

“是呀，英明的熊，不过我们还是想听到您的意见。您只要指出来，我们就给他唱赞歌，拥戴他登上王位。”

说着，狐狸抖开自己火红色的尾巴，用舌头去修饰金黄色的毛，抚平白花花的胸部。

可就在这个时候，众野兽突然看见从远方跑来的马鹿。只见他那四只强劲有力的细腿从山巅上飞跃而过，多叉的犄角在天穹上留下一道划痕。

狐狸还未从惊愕中回过神来，马鹿已经来到跟前。

马鹿虽说跑得很快，但又平又光滑的毛并未出汗，细长的肋骨依然如初，鼓鼓的血管里流的是温热的血，心脏的跳动还是那么平稳，一双大眼睛平和而安详。他用粉红色的舌头舔舔褐色的嘴唇，露出雪白的牙齿展颜一笑。

老熊慢腾腾地站起身，打了一个喷嚏，将爪子伸给马鹿，说：

“他才是最漂亮的哩！”

狐狸妒火中烧，咬了自己的尾巴一口。

“气度高贵的马鹿，您过得还好吗？”他问，“您那四只修长的腿看来很累了吧？宽大的胸膛也憋得挺难受的吧？小个子的松鼠赶在您前边了，罗圈腿的狼獾早已来到这里，就连走路慢条斯理的狗獾也比您早到了。”

马鹿低下头颅，毛茸茸的胸膛微微颤动，慢条斯理地说：

“尊敬的狐狸！松鼠住在这棵雪松上，狼獾就在邻近的一棵树上睡觉，狗獾的家就在这座小丘下面，而我是翻过了九座山岭，趟过了九条河流……”

马鹿抬起头，只见他的耳朵像绚丽的花瓣，长着薄薄一层绒毛的犄角像灌满五月蜜般晶莹剔透。

“你在唠叨些什么呀，狐狸？”熊颇不高兴，“莫非是你自己想当头领？”

他把狐狸扔得远远的，看了马鹿一眼，说：

“气质高贵的马鹿，请您坐王座吧。”

可狐狸又跑了过来：

“哈——哈——哈！居然想推选棕色的马鹿当森林之王，要给他唱赞歌哩。哈——哈——哈！他现在倒是还看得过去，可到冬天你们再看看他吧：头上的犄角不见了，脖子细长，身上的毛一绺一绺的，走路弓着身子，风一吹就东倒西歪。”

马鹿无言以对。他看了众兽一眼，他们也悄然无语。

就连老熊也想不起来一到春天马鹿又会长出新的犄角，每年他的角上都会长出一个新的叉角，就这样，年复一年地分叉越来越多，所以马鹿是越上年纪越显得精神。

马鹿伤心极了，眼眶里流出灼热的泪水，以至把脸颊烧得露出白骨，连骨头也被烧弯了。

所以，现在马鹿的眼睛下方都有两个深窝。不过，这样一来，他们反倒显得更加英俊。不仅野兽，就连人都说他们长得美。

猎人与夜莺

（俄罗斯阿瓦人）

从前，有个城市里住着一位猎人。他是个神枪手，每次外出打猎都没有空手而归的时候，在城里备受人们尊敬。

有一次，他没能打到猎物，于是心想："我要是空手回去，人们以后对我就会另眼相待了。看来我还得再往远处走一走，说不定会碰到什么东西，空手回去脸都没地方搁。"

他再往前走，突然看见有只夜莺在一棵麦穗上唱着动听的歌。他举枪瞄准夜莺。

夜莺也看见了猎人，吓了一大跳，赶紧收住歌喉，颤抖地说：

"我的末日到了。喂，猎人，你打算怎么办呢？"

"我要打死你！"猎人回答。

“我知道你是个百发百中的神枪手，所以千方百计避开你常去狩猎的地方。我的个子太小，我的肉都塞不满你的牙缝。你还是别打死我吧，留着我在花间戏耍、唱歌，也好让人们开心。”

猎人说：

“喂，夜莺！你的话也在理，可我打死你不是为了吃肉。我每次回城都不曾空手过，空手回去对我是极大的耻辱。”

夜莺对此答道：

“那就请你耐心等一会儿吧，先让我说三句话劝劝你，那时候你再打死我也不迟。”

“你说吧，夜莺，我洗耳恭听。”

于是夜莺说：

“不可相信的话你千万不要轻易相信。对做过的事不能后悔。不该伸手的地方就不要伸手。”

猎人听完这三句话后把枪放下。他觉得夜莺的话有道理，于是说：

“我不打死你了。”

夜莺飞到一棵高高的树上，说：

“喂，人！我骗了你。其实，死对我来说并不可怕。我肚子里有一颗鹅蛋那么大的宝石，七个皇帝合资买也买不起。我刚才是在想，这颗宝石很可能会落到像你这种冷酷无情的敌人手里。”

猎人再次举枪瞄准，但是夜莺藏在叶簇里，虽说猎人听得见他说话的声音，却看不清他在什么地方。于是猎人把枪扔到一边，抱着树便往上爬。他一只脚踩在一棵细树枝上，树枝折断了。他掉到地上摔了个半死，疼得哼哼叫，连声呼叫夜莺：

“哎哟，亲爱的夜莺，快来帮帮我呀！”

夜莺从树上飞下来，落到猎人身旁，说：

“喂，猎人！任何不幸都有办法袪除，就只对你爱莫能助。”

“为什么？”猎人问。

“我对你说过三句话，但你一句也没听进去。我好不容易咽下一颗麦粒，你却相信我肚子里有颗宝石，而且如鹅蛋般大。我对你说了：对做过的事不能后悔。你给了我一条活路，可我一说起肚子里有颗宝石，你就后悔了。你也忘了我对你说过的第三句话：不该伸手的地方就不要伸手。我落在细小的麦穗上，落在细小的树枝上，你却要爬上树来捉我。不，我不能帮你这个忙，你这个傻乎乎的猎人。世上所有的人都有办法祛除灾难，唯独你不可救药。”

三头公牛上了狮子的当

（非洲）

据说，从前有三头公牛：一头黑色，一头白色，一头红棕色。一次，他们被地里的活儿折腾得精疲力竭，决定离开主人，到有嫩草和清泉的地方去过自由自在的生活。

他们自由了，生活也变好起来了。渐渐地，他们身上的毛变得油光闪亮，角尖得像长矛，跑起来时速度和灵巧性不逊于其他野兽。为了保障自己不受猛兽的侵扰，他们之间达成了做什么都轮流做的协议：轮流放牧，轮流饮水，夜里睡觉时轮流值班。

一次，公牛们邂逅一头狮子。狮子被他们的尖角吓得够呛，但并未表现出来，反而迎面向他们走去。

“我想给你们提个友善的建议。刚才我在坡上走过时，就把白公牛看成了白色帐篷，把黑公牛看成了黑色帐篷，把红棕色公牛看成了红棕色帐篷。所以我想，你白公牛最好到白色的地上长着白草、白树和白树叶的地方去，这样猛兽就很难发现你了。你呢，黑公牛，最好到黑色的地上长着黑色草、黑色树和黑色树叶的地方去，这样你就同它们‘混’成一体了。而你，红棕色公牛，也最好到红棕色的地上开着红棕色的花，长着红棕色的草和树的地方去。这样一来，任何猛兽就发现不了你们了。”说完，狮子还给他们指了各自应该走的方向。

轻信的公牛们信以为真，都朝狮子所指引的方向走去。而狮子看到他们走向不同的方向后，便设下了埋伏，把他们逐一地撕成碎片。

所以说，在听到别人的劝告时，要分辨清楚提出劝告的是何许人：是敌人，还是朋友。

狗治不好的毛病

（俄罗斯）

从前有一只名叫奥克拉门的狗，他从来也没吃饱过。不管在哪儿找到吃的，他当时就吃得精光。有时食物是别人的，有时是自己的，他才不管这一套。只要他想吃，才不管那是谁的食物哩。就因为这个原因，奥克拉门被大家看成小偷，在村里没能找到老婆：没人愿跟他攀亲戚。

于是，奥克拉门到一个没人认识他的遥远的城市去了，在那里成亲了。

他把年轻的妻子带回家乡，他们开始一起过日子。

有一次，奥克拉门的妻子回城去看父母。

过了一段日子，他受不了单身生活的煎熬，捎信去给妻子，说他也想到老丈人家去做客几天。

老丈人得到这个消息之后，带上弓箭和长矛，到森林去打猎，想弄些野味来好好地招待女婿。

老头子猎到一头羚羊，扛回家来收拾好，在院子里生起一堆火，把肉挂起来烧烤。

这时，奥克拉门到了。他一看见在烤肉，马上流口水了。

夜里，所有的人都进屋睡觉。他却睡不着：他闻到了烤羚羊肉的香味。

他小心翼翼地从草席上爬起来，走出屋，到火堆前看了看肉，看见了往火堆里滴的油。他回到小屋，又躺下来。后来他再一次爬起，出去看了一眼肉。他又返回去，躺在草席上，合上眼睛。他又再一次爬起来，走到火堆前看了一眼肉，还用舌尖舔了一下滴到火堆里的油。他用门牙小心地咬下一小块肉，便再也克制不住，嚼了起来。他咽下一小块，又咽下一块，之后便一发不可收拾，一直嚼呀，嚼呀，直到把所有的肉都吃光。

这时他才回到小屋，往草席上一倒，进入了梦乡。

早上，奥克拉门的妻子出去打扫院子，看到羚羊肉不见了，连忙喊了起来：

“是谁把肉都吃光了？是谁把肉都吃光了？”

奥克拉门醒了过来。他听见妻子的声音，羞愧得无地自容。因为是他把老丈人打猎得来招待他的羚羊肉全吃光了！他捂住脸，让别人看不见他的赧颜，溜出了城。

奥克拉门回到故乡，朋友们都问他：

“你回来干什么？我们还以为你在老丈人家大吃大喝呢！”

他回答说：

“我是去过那里，但再也待不下去了。昨晚我大半夜爬起来，吃掉了所有的肉。我吃掉了老丈人打猎得来的招待我的羚羊肉。我很惭愧！我想找到一种能治我这小偷小摸毛病的特效药。”

众兽纷纷帮他出主意。

“你去找阿丹柯兔子。他有这种特效药。”

他找到兔子，说：

“你帮帮我的忙吧，阿丹柯。我是小偷。只要看见肉，就控制不住自己，非要把它弄来吃了不可。有人告诉我，说你有药。帮我治治这个毛病吧。你要多少钱我都给！”

兔子说：

“我能治好你的毛病，只是得用野猪肉配这种药。”

奥克拉门去打猎，打死一头野猪，弄回来给兔子。兔子按配方要求砍下一块肉，用葱涂抹，放些佐料和香草，再撒些胡椒面，最后放到火上去烧。

奥克拉门坐下来看肉。他听见肉在火上烧得吡吡地响，闻到了扑鼻的香味。

夜里，兔子说：

“奥克拉门，你回屋去躺下睡吧。早上我把肉从火上拿下来，用它配出能使你这辈子再也不偷东西的特效药！”

奥克拉门进屋去躺下。兔子也躺下了。阿丹柯一躺下便睡着了，奥克拉门却怎么也睡不着。他闻到了肉香味，听见肉在火上吡吡地响。

奥克拉门忍不住叫醒兔子，对他说：

“阿丹柯大恩人，阿丹柯大恩人！我们村里有老鼠啊！可别让他们把肉吃了。最好由我来看管它。我去拿肉进来放在身旁！”

“好，去吧。”兔子回答，“我无所谓。只要明天有烧好的肉为你配药就行。”

奥克拉门走出小屋，取下肉，拿进去放在草席一旁。

但即便是这样他也睡不着。他又叫醒了兔子，说：

“阿丹柯大恩人！屋里有老鼠！我是不是最好把肉藏在枕头底下呢？”

阿丹柯没好气地说：

“你干吗总是叫醒我？你爱怎么做就怎么做好了，只要明天有肉为你配药就行！”

奥克拉门把肉放到枕头底下，闭上眼睛装睡，可还是睡不着。他闻到了枕头下的肉的香味。

他又叫醒兔子：

“阿丹柯大恩人，阿丹柯大恩人！老鼠爬到我的枕头下面来了！我要把肉取出来，放在头顶上，站到屋子中间去，就这样一直站到天明！”

“你就去站吧。”兔子回答，“把肉放在头顶上，就这样一直站到天明。这对我都无所谓。明天只要有肉来为你配药就行！”

奥克拉门从枕头底下掏出肉，放在头顶上，便到屋子中间站去了。他站了好久好久。肉汁流到他的脸上，直接流进嘴里。他舔了舔，又去叫醒兔子：

“阿丹柯大恩人！老鼠就在我头顶上跑呢！我是不

是最好把肉放在嘴里叼着？”

阿丹柯为再次被吵醒而怒不可遏，说：

“你就叼着吧！”

奥克拉门取下肉，用牙死死地咬着。

他就这样叼着肉在房间里踱来踱去，嘴里嘟囔着，还不停地摇着尾巴。他走呀,走呀,最后终于大声地喊道：

“阿丹柯大恩人！就算我为这块肉欠你的情了！”

“不，不！”兔子回答，“这块肉得用来为你配药，以便治好你的偷摸毛病！”

但奥克拉门已经到了不能自持的地步了。他先是咽下一小块肉，而后咽下稍大一块，接着再咽下大一些的一块，最后嘴里的肉全进他肚子里了。

这时他才躺下来，睡得像头死猪。

天刚破晓。兔子起床后问奥克拉门：

“肉在哪儿？我要配药了。”

奥克拉门回答：

“唉，阿丹柯大恩人，我不是说过嘛，为这块肉我欠你的情了！”

“为什么呢？”兔子问。

“因为昨天夜里老鼠爬进我的嘴里，为了不让他们把肉吃掉，我把肉咽下去了。”

于是兔子说：

“既然你吃掉了肉，我就不能配药来给你治病了。”

所以，狗只要还活着，他总是偷肉吃和吃偷来的东西。

他直到现在也没改掉这个毛病。

狐狸和仙鹤为何断交

（俄罗斯）

狐狸和仙鹤原本关系很不错，两人甚至在一次生日庆宴上认了干亲。

有一次，狐狸突然想起要请仙鹤吃饭，于是到仙鹤家来请他去做客。他对仙鹤说："干亲家，你就去吧！亲爱的，去吧！我一定好好款待你！"仙鹤去赴宴。可狐狸只给他煮了一小锅稠粥，抹了一盘子端上来，殷勤地说道："请用吧，我亲爱的干亲家！是我自己煮的。"仙鹤用喙"啪啪"地啄了几下，什么也鸽不上来。这时狐狸却只顾自己一个劲儿地舔，很快把一盘粥一扫而光。

粥被吃光了。狐狸说："请多包涵，亲爱的干亲家！我再没什么好招待你的了。""谢谢，干亲家，这我就已经感激不尽了！也欢迎你到我家去做客。"

第二天狐狸去了。仙鹤给他做了冷杂拌汤，倒进一个细颈的水罐里放在桌上，说：“请用吧，干亲家！说实在的，这也是家常便饭。”狐狸在水罐周围转来转去，走过去舔两口，闻一闻，却什么也够不着。他的脑袋钻不进水罐里去。仙鹤却一点一点地啄，直到把汤都喝光。“喂，干亲家，请多包涵！我再没什么好招待的了。”

狐狸很窝火。他原本想到仙鹤家大吃一顿，最后却空着肚子回家。这就是所谓的一报还一报。

就是从那时起，狐狸和仙鹤便断绝往来了。

贪嘴的蜘蛛

（俄罗斯）

蜘蛛的肚子瘪是因为他太贪嘴。据说，有一年同时有两家举办婚礼：一家在喀山，另一家在梁赞，而且两家的婚礼都在同一天操办。蜘蛛想：“我到底上哪家呢？”

他想了想，最后作出决定：“两家都去。我实在是太饿了！先到先开饭的那家吃，然后再到另一家吃。”

然而蜘蛛要想打听到哪家先开饭绝非一件易事。他到喀山去问：

“你们什么时候开饭？”

没有人能对他说清楚。

他又到梁赞，问：

“你们什么时候开饭？”

然而也没人能说得上来。所以他就只有在这两座城市间跑来跑去，一直跑得精疲力竭。即使如此，他还是没能打听到是哪家先开饭。

于是蜘蛛去买来一根长绳子，派人去把两个儿子叫来。他用绳子将自己拦腰绑住，把绳子的一端交给大儿子，对他说：

“你拿着这头绳子，到喀山城去。只要那边一开饭，你就用力拉绳子，我就到。”

他将绳子的另一端交给小儿子，对他说：

“你拿着这头绳子，到梁赞城去。只要那边一开饭，你就拉绳子，我就到。这样我就晓得哪边先开饭了。”兄弟俩拿着绳子到各自的城市去了，去那里等候发出信号的时刻。

可是两座城市都是在同一个时间开饭。大儿子用力拉了拉他那头绳子，小儿子也用力拉了拉他那头绳子。两人都用力拉，蜘蛛却一步未动。他俩越拉越用劲，一直拉到席尽人散才罢手。然后他俩跑去看，为什么父亲不去参加婚礼酒筵。

他们在留下父亲的地方找到了蜘蛛，但他已经面目全非：绳子将他勒成两半，肚皮部位变得非常干瘪。

后来他一辈子都是这个模样。

正是从那时起，蜘蛛被打上了贪嘴的印记。

忘恩负义的公鸡和母鸡

（俄罗斯）

从前，有一只公鸡和一只母鸡。有一次，他俩出去散步。走着，走着，不知不觉已经走到离家很远的地方。路上他们突然碰上一场暴雨，被淋得浑身湿透，冻得直发抖。而且天又黑下来了，他俩还找不到个地方躲避这恶劣的天气。

公鸡和母鸡没精打采地走着，忽然瞧见山溪岸上有座磨坊。公鸡走上前去敲了敲门。

“谁？”磨坊主问。

“是我们，公鸡和母鸡。”公鸡回答，“我们淋湿了，冻得直发抖，让我们进去过夜吧。我们不会白住的，等母鸡下了蛋，就算是付给你的住宿费。”

“我什么也不需要，”磨坊主回答，“也不让你们进来住，快滚吧。”

公鸡和母鸡又没精打采地朝前走，瞧见溪边还有一座磨坊，但在这里他俩同样吃了闭门羹。

第三家磨坊的主人是个心地善良的老头。他听了公鸡和母鸡的诉说，马上开门让他俩进去，然后生炉子，让他们坐下来烤火，还撒了些谷粒给他们吃。公鸡和母鸡把湿的身子烤干了，也暖和了，吃饱之后便躺下睡觉。磨坊主灭了炉火，也躺下来休息。

可是公鸡和母鸡并没睡着。他们舍不得将下的蛋留给磨坊主当住宿费，决定偷偷爬起来走掉。天快亮时他俩爬起来，打开门便回家了。

早上，磨坊主醒来一看，公鸡和母鸡不见了。他心想："母鸡一定是到干草棚里给我下蛋去了，公鸡可能也跟着照料去了。"他生起炉子，便坐下来等他们。时间在慢慢地过去，已经日上三竿，可始终不见公鸡和母鸡回来。磨坊主只好站起身来，围着磨坊转了一圈，还到干草棚去看了看，哪儿也不见客人的踪影。

"好吧。"磨坊主想，"我到村子里去走一趟，找他们去要答应给我的鸡蛋。"

当公鸡和母鸡看见磨坊主从山口那边朝村子走来

时，马上打碎家里所有存放的蛋，把蛋黄和蛋清倒进一个罐子里，再把罐子藏好，把蛋壳扔进灶里，上面盖上燃的炭火。最后还往毛巾里插了几根针，自己却躲了起来。

磨坊主走进屋，前后左右看了看，哪儿也没见到鸡蛋。

“好吧。”他想，“我就在炉灶旁坐下来等一会儿，说不定他俩也快回来了。”

可当磨坊主弯下身去把炭火吹旺时，只听见蛋壳哔剥直响，炉灰溅到脸上和手上。他跳将起来，赶紧去找水洗。可刚一拿起毛巾，里面的针又扎疼了手指头。

“没想到公鸡和母鸡竟是这样来报答我的一片好心啊！”磨坊主说完，便回磨坊去了。

打那以后，当忘恩负义的公鸡和母鸡再要求进别人家过夜时，那一带地方的人谁也不再开门接待他们。

猴子为什么生活在树上

（非洲）

野猫出去打了一天猎，两手空空地回到家。他感到很累，便直挺挺地躺下来休息，但跳蚤不让他有片刻安宁。

野猫看见猴子从一旁走过。

“猴子大哥，请你来帮我捉捉跳蚤吧。”野猫叫住猴子。

猴子答应帮忙，开始帮他捉跳蚤。野猫一舒服就睡着了。于是，猴子把野猫的尾巴绑在树上，自己溜走了。

野猫醒来，站起来打算去办自己的事，可是走不开，因为尾巴被绑在树上。野猫试着挣脱掉，但无济于事。

这时，正好有只蜗牛打这里爬过。野猫见了他，高兴地叫道：

“蜗牛老弟，请过来帮我解开绳子！”

“等我替你解开绳子，你不会弄死我吧？”蜗牛问。

“不会的，不会的，”野猫一再保证，“我绝不会伤害你。”

蜗牛替野猫解开了绳子。

野猫回到家，告诉住在邻近的众野兽：

“五天以后请你们去告诉大家，就说我死了，你们打算把我埋掉。”

众野兽莫名其妙，但还是答应按照野猫说的去做。

五天过去了。野猫躺在地上，挺直了身子装死。

其他的野兽纷纷赶来，其中就有猴子。

猴子刚走近野猫。野猫一下子跳将起来，朝他扑去。

猴子赶紧逃掉，幸亏他爬到了树上，才逃脱野猫的追击。

就从那时起，猴子一直生活在树上，不愿到地上来走动，因为他做了亏心事，害怕野猫。

忘恩负义的驴

（古巴）

有一次，野兽们闹饥荒，四周围一点儿吃的东西也找不着了。大象于是决定出去闯荡世界，想找个有东西能吃饱肚子的地方，其他很多野兽也与他同行。

他们刚走不远，就碰见了驴。驴问他们：

“你们这是上哪儿呀？”

大象回答：

“去找个能吃饱肚子的地方。”

大象本不想带驴一道走。但等他们一上路，驴就跟上了他们。他们来到一道篱笆跟前，大家都跳了过去，唯独驴跳不了，只见他吊在木桩上。

大象说：

“咱们可不能丢下驴不管啊。”

大家回到篱笆前来帮驴的忙，可他说：

“你们回来干什么？我呀，只是想在上面荡秋千。”

众兽对驴的忘恩负义深感惊讶，但还是把他从篱笆上弄下来。大家又上路了，驴紧随其后。

他们来到热带稀树干草原。大象说：

“咱们就在这儿过夜吧。”

半夜里，大家又启程，大象带领他们向玉米地走去。可懒惰成性的驴这时还在睡大觉。众兽饱餐了一顿玉米，然后回到原来的地方，挨着驴躺下。他们躺在地上忙着倒嚼。驴醒来后问：

“你们在嚼些什么呀？”

大象脾气上来，吼道：

“嚼石头！”

驴说：

“好吧。石头就石头，我也嚼石头。”

他开始嚼石头，但嚼不动，说：

“这种食物我嚼不动，牙都断了。”

他就这样饿着肚皮躺下。

第二天夜里，众兽又去了玉米地，驴跟上了他们。众兽来到地里，饱餐了一顿，又回到老地方，回到头天晚上过夜的热带稀树干草原。可驴留在了玉米地。天亮时玉米地的主人来了，喊道：

“啊，这下子你可跑不了啦！”说着，用棍子猛揍驴。

大象看驴没回来，于是对同伴们说：

“咱们走吧，去看看驴出了什么事。”

玉米地的主人还在揍驴，一听见这一大群四足动物的蹄声，马上溜掉了。

众兽来到驴跟前。可他说：

“喂，你们来干什么呀？只会妨碍这位好心人替我拍打尘土。他刚拍了一侧身子，另一侧还来不及拍呢。”

鸟王
（俄罗斯）

有一次，众鸟要为自己推举国王。你们可能要问，鸟要选国王干什么呀？但这是规矩，其道理就跟有畜群就得有牧人一样。所以，鸟类也想有自己的国王。

一句话，他们有了这个想法，于是集中到一起开会。来的鸟很多很多，来自四面八方，来自各个角落。有的来自附近地区，有的来自遥远国度，有的横跨整个地球，有的来自南极北极，他们统统向一个地方飞来。

众鸟在叽叽啾啾、吱吱嘎嘎地叫：到底谁能当国王，由谁来统治大伙儿呢？而每只鸟私下里却都在想："为什么我不能当呀，我有哪一点不如别人？"可是，国王只能有一个！

众鸟又嚷嚷了一阵，最后取得一致意见：说某鸟力量大，依据是什么呢？就是那一对翅膀！这就是说，谁飞得最高，谁就能当之无愧地当上国王。

说干就干。众鸟降落到地面上，然后一同挥动双翅，咻溜地一下冲入云霄。

在这些鸟当中，还有小鸟儿荨麻鷦鹩。他短短的尾巴，短短的翅膀，就像一小团褐色的羽毛。荨麻鷦鹩根本就不是其他鸟的对手，这他心里明明白白。但是他还是有当国王的瘾头，甚至还制订了以巧取胜的行动方案。只见他蹦几下来到老鹰跟前，在他的翅膀底下找了个地方藏了起来。

这对老鹰来说算什么！他有一对强有力的翅膀。他一起飞便腾上半空，至于荨麻鷦鹩抓住他翅膀的某个地方，他都没有觉察。

众鸟越飞越高。慢慢地，有一只鸟落在后边，又有一只鸟落了下来。他们都已经累得扇不动翅膀，气都喘不过来了，只要还有力气降落下来，就已经是万幸。

所有的鸟都已经落在树枝上，只有老鹰还在半空中翱翔。

“是啊，”众鸟想，“老鹰到底就是老鹰！听他支配不算丢人！”

他们抬起头，都在盯着老鹰瞧，在欣赏他的英姿。老鹰在晴空中转了一圈又一圈，在跟北风斗嘴，快速地超过了南风。最后他也飞累了，开始往下降落。

这时，荨麻鹪鹩从他的翅膀下面飞出来，向上飞去。他飞的时间虽然不长，但终究是在老鹰上方飞过。

“那是谁，是怎么回事呀 ?!”众鸟喳喳叫着，“这到底是为什么呀？他这是从哪儿来的？”

老鹰落到了地面上。荨麻鹪鹩也降了下来。

“我是你们的国王。”老鹰说。

“不，我是你们的国王，”荨麻鹪鹩说，“我飞得最高。”

众鸟怎么办好呢？本来他们对推举国王一事兴趣不大，没有国王他们也活得挺滋润的。但是既然是大家的决定，又怎么好说话不算数呢？他们都有些泄气了。

突然，从草丛里传来麻雀的吱吱叫声：

“我看出了名堂！我可知道是怎么回事了！”

他哧溜一下飞到荨麻鹪鹩跟前，从他的背上拔出一根羽毛。

“这是谁的羽毛？谁的羽毛？不是他的羽毛！不是他的羽毛！”麻雀一直嚷嚷。

那根羽毛原来是老鹰的！

这时众鸟明白了真相。他们张开爪子，伸出喙，一齐扑向这个骗子。荨麻鹪鹩看来是必死无疑的了，但狡猾的他不知是怎么逃命的。

荨麻鹪鹩一会儿朝上飞，一会儿朝下飞，一会儿歪着飞，一会儿斜着飞。众鸟在后面追他，眼看就要追上了。但这时他在一株老橡树上发现一个树洞，一下子就钻了进去。树洞很小，洞口又窄，像荨麻鹪鹩这种小鸟正好能钻进去，别的鸟却只能望洋兴叹。乌鸦已经把头伸进树洞，但差点儿被卡在那里抽不出来。

“去他的吧！”乌鸦哑的一声叫，“把他吓得够呛，也就可以了！”

“不行！”鸫回答，“这样可不行。我们得在这里守着他，他饿了就得出来，到时候我们非得狠狠揍他一顿不可。他要是不出来，就让他活活饿死在里面好了。”

众鸟开始看守树洞。首先由布谷鸟看守，接下来是夜莺、鸫，最后轮到猫头鹰。

猫头鹰在附近的一棵树枝上落下来，两眼死死地盯住树洞。荨麻鹪鹩却躲在里面深处，一动也不敢动。猫头鹰闲得无聊，觉得直犯困。他只好不断调换双脚，好驱散睡意。不过这又谈何容易！最后他那双圆圆的大眼睛终于合上了，睡得死沉死沉的。

荨麻鷦鷯正求之不得哩。他哧溜一下，从树洞里钻了出来。

喜鹊最先发现。

“抓住他，抓住他！”他喊。

“抓住他！抓住他！”整座森林响起这个声音。

众鸟又都去追荨麻鷦鷯。我们曾经说过，这种小鸟儿非常机灵，只见他钻进黑刺李丛中，要想再逮住他可就难了！非得把你的爪子划得血淋淋不可！

骗子又被放跑了。这到底是谁的过错呢？是猫头鹰的错！猫头鹰因此挨了一通揍，好容易才飞走。

就从那时起，猫头鹰就吓得再也不敢在白天露面。众鸟在飞，他就睡觉；等别的鸟睡觉后，他才飞出来。

荨麻鷦鷯呢，他就一直躲在多刺灌木和荨麻丛中，因此他才叫荨麻鷦鷯，他过去的名字是另外一个。

蜘蛛和蜜蜂

（摩尔多瓦）

据说，很早很早以前，还在我们的老祖先时代，蜘蛛和蜜蜂曾经是兄妹俩，是同一母亲所生的孩子。

孩子小的时候，母亲管他们的吃喝；等他们一长大，便都离开了母亲的小屋。蜘蛛坐在织机前织布，蜜蜂在田间采蜜。

有一次，蜘蛛正坐在织机前织布。那布薄得像夏日的云彩，柔软得像秋天的葡萄叶，鲜亮得像春天草原上的嫩草。

突然，五月的金龟子来找到他。看来他跑了好多天的路，累得气都喘不过来了。

“你快收拾上路，”金龟子说，“你母亲病得都快死了。她的最后一个愿望是临死前能见到孩子一面，见到你和蜜蜂。快骑到我的背上来吧，我们飞去。你倒是快收拾呀……现在每一分钟都很宝贵。”

但蜘蛛连爪子都没动一下。

“哼，又是那老一套，”他不慌不忙地说，“还说不上母亲是死还是不死呢。也许就哼哼这么几天，转眼又痊愈了，这样的事有过好几次，我可不能每次都扔下活儿。当然，要是知道她确实没几天活头了，那又是另一码事！”

“那我该怎么转告你的母亲呢？因为她会问为什么你不能到她身边？”

“你就说我忙，我的活儿都是急活儿。”蜘蛛说，“至于母亲，没有我在身边她也可以死的嘛。好啦，你快走吧，别碍我的事。就因为你来掺和，我已经白白浪费了不少时间。”

说完，蜘蛛又开始织起世界上最薄的柔软而鲜亮的布。

五月的金龟子则飞去找蜜蜂。

蜜蜂一听说母亲病危，她自己伤心得险些死去。金龟子甚至不得不往她身上洒水，好让她苏醒过来。最后，她觉得身上又有了力气。

她很快将爪子上所粘的香甜花蜜舔干净，毫不犹豫地跟在五月金龟子身后飞去，速度之快甚至都超过了金龟子，因为她很想能在亲爱的母亲咽气之前赶到。

当老妇人在自己的床前看到温顺可爱的蜜蜂女儿，就甭提有多高兴了！她温情脉脉地吻了吻女儿，用勉强才能听见的微弱声音说：

“谢谢你，我的女儿！愿你的孩子也像你爱我那样爱你。也愿你的子孙像野草、树叶和海边的沙粒一样多得不可胜数。五月的鲜花将面带微笑地迎候你，而且你每次采到的蜜都是满满的。人们将为你酿成的世界上最甜的蜜而对你感激不尽。”

母亲对女儿说了这一番话。

她临死前没能等来儿子。

“就让他任何时候都是一个人生活吧，”她的声音勉强可听，“就让他永远都在织他的布。但那布根本没人需要，它根本不会给人增添光彩，也不会给人带来欢欣。谁都只会去撕扯它，并且咒骂织布人。就是讨厌的苍蝇也恨透了它。我的这番话一定会兑现的！”

说完，可怜的妇人合上了双眼，咽气了。

就从那时起，蜜蜂都是一家一家、一窝一窝地和睦相处，到地头去采来香喷喷的蜜，人们什么时候提到他们都是用的赞美之辞，因为世界上最甜的东西就数蜂蜜。

织布工蜘蛛呢，他果然什么时候都是孤身一人，待在一个黑暗角落里织他的蛛网。但人们只要一看到它，马上就把网撕得粉碎，把蜘蛛赶跑，甚至把他抓住弄死。就是讨厌的苍蝇也恨透了蜘蛛，被他织成的网缠住之后还把他骂得狗血淋头。

可怜母亲的话终于兑现了。

为什么人和燕子交朋友

（哈萨克斯坦）

很久很久以前，有一次，蛇把兽类和鸟类叫到自己身边，大声哭诉道：

“上帝创造世界的时候，对我很不公平。他少给我很多东西：没给我腿脚，我只好一辈子都在爬行，甚至头都难以离开地面；大伙儿的舌头都是完整的一片，我的却被劈成两半。我是地上最不幸的了，而众所周知，受苦受难者什么时候都是不幸的。啊，我真不幸啊，太不幸了！”蛇伤心得泪水直流。

动物们可怜苦命的蛇，集中到一起来商议。大家商量来，商量去，最后作出决定：

“我们要让不幸的蛇高兴高兴，宣布从此拥戴他为国王。”

蛇果然当上了国王。

日复一日，年复一年地过去了。蛇活得挺不错的：大家都很尊敬他，见了面都要向他鞠躬致意。有一次，蛇突发奇想：

“我想生活得更好一些。我是国王，我是君主，我想怎么办就怎么办！我要吃血最甜的活物！”

蛇把所有的昆虫都叫来，因为只有他们最清楚血的味道。蚊子呼呼地扇动着翅膀飞来了，马蝇吐着针刺飞来了，凡想讨好国王的昆虫都飞来了。

国王于是命令蚊子和马蝇：

“你们满世界去找一找，把所有的生物和非生物、硬的和软的都尝一尝，然后回来告诉我什么东西最可口。”蚊子和马蝇飞去执行君主的命令去了。蚊子飞不了多远，他怕风，所以得常常躲在草棵里，不久他便落在马蝇后边，干脆打道回府。

又若干天过去了。马蝇满世界飞了一圈，尝过所有植物的汁以及所有兽类和鸟类的血的味道，再哼着歌儿返回。路上他遇到燕子。

“怎么样，马蝇朋友？”燕子叫住他，“听说您在为国王找最可口的食物，找到了吗？”

然而，马蝇并不打算回燕子的话，反而加快了飞行的速度。

“啊，明白了，明白了！”燕子追着他叽叽啾啾直叫，“您找到了要找的东西！我早就知道您最机敏和最勇敢。一会儿我就去对所有的鸟儿说，您当之无愧地完成了国王交办的任务。”

燕子的话说到了马蝇的心坎里，只听见他不无自豪地说：

“你知道我为国王选定了什么食物吗？”

“我怎么知道呢？我虽说个儿比您大，但比您笨，要不怎么说您是国王的谋士！对我这样的小人物来说，知道您完成了我们君主交办的任务，这就足够了，我也就很满足了。”燕子回答。

马蝇更飘飘然起来，满口大话地回答道：

“我马上告诉你好了，我有什么好怕的！对我们国王来说，最可口的食物是人血。”

“这么说来，地上最聪明和最善良的生物——人，往后将成为这可恶的爬虫的食物。”燕子想起来都觉得可怕。于是一个帮助人们摆脱苦难的计划很快在他头脑中产生出来。

“亲爱的马蝇，”燕子极其痛心地说，“要是我的话说得不对，还得请你多多包涵。我从来没品尝过人血。我母亲不止一次说过：谁只要尝过最甜的血，谁的舌头上就会留下一个金印。我是多么想一睹这个金印啊！”

马蝇见有人这么苦苦求他，狂喜得都喘不过气来了。只见他大模大样地答道：

“行啊，你看吧，你这可怜的家伙，我没有什么舍不得的。”说着，他吐出了舌头。燕子一下子就鸽了马蝇的舌头，向上飞去。马蝇哇哇大哭，但也毫无办法，只好嗡嗡地再往前飞。

“我们倒是要看看，你现在没有了舌头，怎样告诉国王什么血最可口！”燕子满心欢喜地想，跟在马蝇后边飞去。

马蝇飞来见蛇，而蛇正在急不可耐地等他归来。马蝇在国王头上飞了几圈，想说些什么，可从他嘴中吐出来的只是嗡嗡声。

蛇勃然大怒：

“这是怎么回事？是不是他的舌头没有了，还是他精神失常了？也许你们能告诉我，他究竟说了些什么？”他对廷臣们说。

“我听明白了，”燕子说，“他是在说：‘我嗡嗡地飞遍了整个世界，发现生长着各种各样植物的土地最甜，再没有比它更甜的东西。’”

马蝇怀着深仇大恨扑向燕子……然后飞到蛇跟前，绝望地哭了起来。

“啊——啊，原来是你弄走了马蝇的舌头！”蛇恍然大悟，用尽全力一蹿，要扑向燕子。可是，蛇怎么能追得上飞翔迅速的燕子呢！燕子闪电般冲霄而起，蛇只来得及抓住他的尾巴尖儿。从此，燕子的尾巴便分叉了。

就从那时起，蛇与燕子成了不共戴天的敌人。人们见蛇就捕杀。而人们和燕子交朋友，还允许他们在自己的屋檐下筑巢。

鸟儿在为谁歌唱

（南斯拉夫）

一天，两个朋友从树林里走过，听见有只小鸟在啼啭。

第一个说：

“你听，朋友，小鸟为我唱得多动听啊。”

“它不是在为你歌唱，是在为我歌唱。”第二个回答。

“不，是在为我歌唱！不是为你，而是为我。”

他俩你一句，我一句，吵了起来，甚至大打出手……回到家后，第一个朋友跑去找法官告状，说他跟朋友吵了架，对方打了他。

“法官老爷！”他说，“您帮帮我的忙吧，我晚上赶一头犍牛来送给您，很好的一头犍牛。您可千万不能判我的朋友胜诉。”

“你放心，”法官回答，“你的朋友肯定打不赢这场官司就是了。回家去吧,明天我把你们两人都传唤到庭。”

第一个朋友高高兴兴地回家。他刚离开法官，第二个就到了，说：

“法官老爷！请您行行好……”

他详细地讲述了那天的情况，说他和朋友从树林中走过，有只小鸟在为他唱歌，可他们后来吵了起来，甚至大打出手。

“您帮帮我的忙吧，法官老爷，您可千万不能判我的朋友胜诉。我有一头喂得很肥的大骟猪，晚上我赶到您家的猪圈里去。”

“行啊，亲爱的！”法官说，“你的朋友肯定打不赢这场官司就是了。明天你到法庭来。”

第二天，两个原告都来到了法庭，每个人都想打赢这场官司。

可法官像不认识他们似的，问道：

“你们有什么事吗？”

“老爷！是这么回事……”接着他俩详细地讲述了那天的情况，说他们是怎么吵起来的，又是怎样大打出手，“我们求您作出公正的判决，这小鸟到底是在为谁歌唱？”

“我的朋友，你们俩都错了。”法官说，“小鸟在林中歌唱既不是为你，也不是为他。你们答应我，赶快像高尚的人们那样讲和吧，那时我再告诉你们，他到底是在为谁歌唱。同意吗？”

“我们同意，法官老爷！请您快说，它到底是在为谁歌唱。”

“你们啊，小鸟是在为我歌唱，是在为你们的法官歌唱。”

“谢谢，法官老爷！”两个原告回答后回家去了，也和好了。他俩一路上东拉西扯，终于取得一致意见：既然法官老爷拿到了犍牛和骟猪，那林中的小鸟确实是在为他而歌唱。

胡狼大王

（达格斯坦）

一天夜里，胡狼为了找吃的，跑到染匠家去，浑身抹上各种各样的颜色。早上太阳出来，他瞧了瞧自己，觉得从今往后不再是胡狼，而成了众兽之王。他一身大王的装束，便到森林里去了，在那里遇见了熊。熊好不奇怪，问他：

“你是什么人？”

“众兽之王。”胡狼回答。

“我的父母在王宫里干了一辈子，我也要忠诚地为你服务。”熊深深鞠躬，说。

胡狼并不反对，于是他俩一同朝前走。狐狸迎面走来，问熊：

“干亲家，这位老兄是谁呀？”

“众兽之王。”熊说。

狐狸向大王鞠躬并呈上礼物，然后跑去通知狮子，说来了一只从未听说过、也从未见过的野兽，并自称是大王。

“能不能去瞧他一眼呢，干亲家？”

“可以。”狐狸于是领狮子去看新大王。狮子看见了全身花里胡哨的胡狼，说：

“不错，这是大王。我们现在该怎么办？”

“你去当大王的卫士，我去当他的信使，以后看情况再说。”狐狸出主意说。

他们果然照此办理。

狐狸信使飞快地去通知众野兽来觐见新大王。所有的野兽都来了，其中也有胡狼们。他们向大王鞠躬致意，发出胡狼的嚎叫声。

大王听见同类的声音，忍不住也发出了胡狼的嚎叫声。狐狸对狮子耳语道：

“你去吃掉这个大王，那是胡狼的声音。”

于是狮子撕碎了这个染了颜色的大王。

乌鸦和猫头鹰

（俄罗斯爱斯基摩）

据说，古时候乌鸦和猫头鹰都是白色的。有一次，他们在冻土带里相遇，乌鸦说：

“咱俩都是白色的，咱们给彼此上色吧！”

猫头鹰回答说：

“好呀，咱们不妨来试一试，看是什么样的结果。”

乌鸦喜不自胜，欢呼道：

“这可真是太好了，咱们就开始干吧！”

而后乌鸦对猫头鹰说：

“你先给我上色，然后我给你上色。”

猫头鹰不同意：

“是你先提议上色的，那就得你先给别人上色。你先给我上色，然后我再好好给你上色。”

乌鸦回答：

“也行呀，就照你说的办：先由我来给你上色。”

乌鸦从灯盏里弄来燃尽的黑油脂的余渣，从自己尾巴拔下来的一根粗大羽毛蘸着，尽心尽力地往猫头鹰的羽毛上涂，在每支羽毛上都画上好些灰斑，翅膀上的大一些，前胸和后背上的小一些。涂完以后，他说：

“啊哈！我把你打扮得太漂亮了。你现在看看自己好了！”

猫头鹰从各个方向打量了自己一眼，答道：

“不错，我是变得漂亮多了，还带不少斑点！”

而后他对乌鸦说：

“现在我要把你打扮得从没这么漂亮过。你准备准备吧！”

乌鸦转过身去冲着太阳，眯起双眼一动不动，好让猫头鹰把他打扮得漂漂亮亮的。

猫头鹰涂得也非常尽心，乌鸦高兴得一动不动。当猫头鹰给乌鸦上好色之后，从各个方向端详了他一遍，然后又仔细地瞧了瞧自己，发现乌鸦比自己漂亮得多。猫头鹰妒火中烧，走近乌鸦，把剩下来的全部黑油脂余渣从脚到头泼了他一身。乌鸦变得一身黑。猫头鹰却立刻飞走了。乌鸦擦擦眼睛，叫道：

“爪子尖尖的、眼睛大大的家伙，你这是干什么呀？把我涂成一身黑，以后我就太显眼了！”

就从那时起，乌鸦都是黑的，灯盏里燃尽的黑油脂余渣永远渗透在乌鸦身上。

候鸟迁飞的故事

（俄罗斯雅库特）

如今飞临此地过夏的那些鸟，在远古时候，大部分时间都是在南方度过的。在觉得拥挤和燠热难当时，他们就召开大会，开始谈论这个话题：

“我们住的地方实在是太挤了，吃的短缺，下的蛋热得烂掉，孩子越来越少了，非得去找个过夏的好地方不可。需要派个人先去侦察一番，选一个生活方便的好地方。”

大伙儿都同意这个看法，便推举了鹤，都公认他聪明，办事认真，在众鸟中是个受大家尊敬的重要角色。鹤善飞，两条长腿也善跑，所以给鹤的期限是三年，让他在这三年里飞遍西方、北方和东方，进行一番实地考察。鹤飞走了。

嘎嘎野鸭在众鸟中最英俊潇洒。他的羽毛呈鲜绿色。

除此之外，他动作敏捷，生性快活，还是个大色鬼。就在鹤飞走以后不久，嘎嘎野鸭即开始向母鹤献殷勤，很快得到她的欢心。他们开始过起了神仙般的日子，嘎嘎野鸭甚至都搬过去和母鹤同住。

三年过去了。一天夜里，鹤回到了家，马上去见妻子。嘎嘎野鸭刚刚来得及跑到巢下方去躲起来，听见鹤在对妻子说：

“我在北方找到了好地方，既宽广辽阔又凉爽，吃的东西应有尽有。那里可以繁殖许多的小雏。可我不是傻瓜，明天在众鸟的会上我会说，北边比任何地方都糟糕，然后咱俩向北方飞去，到那里去过一种自由自在的生活！”

“嘎嘎——嘎嘎！”嘎嘎野鸭一声叫，从巢底下飞走了。

“这是什么声音？”鹤问妻子。

“哎呀，亲爱的，”母鹤说，“自打你走了以后，我没有一个晚上睡踏实过，总觉得有人在叫，在吹口哨，在唱歌，在哈哈大笑，在呻吟，在哭！”

“是啊，这种事是经常有的。”鹤说。

娇小而活泼好动的多嘴野鸭是嘎嘎野鸭的亲戚，是个真正的饶舌鬼。嘎嘎野鸭直接飞去找多嘴野鸭，说：

“我告诉你说吧，鹤回来了！”

“那又怎么样呢？”多嘴野鸭问。

“鹤打算毁了我们鸟类！”

“你这不是撒谎吧？像鹤这样到处受到尊敬的鸟绝不会干这种坏事！”

“可他到底还是干了！我告诉你吧：刚刚我无意中听到了鹤同妻子的对话。他说北方有过夏的好地方，可在会上他打算说那里相当糟糕。他只想自个儿带着妻子去。”

“瞧，真是个坏透了的家伙！”多嘴野鸭说，“不过你且慢！让我来出他的洋相，我要让他记得有一次他当着众多女人的面嘲笑我短腿！”

所有的鸟，所有大的和小的，都集中到一起来开会。鹤报告了他飞这一圈的所见所闻。他说：

“我曾到过西方和东方，那里和这里一样也是很挤，很热，可以吃的东西也不多；后来我飞到了北方，好不容易才从那里捡了一条命回来；那里天寒地冻，天天都是大雾笼罩，没有夏天，一年四季都是冬天。那里没有任何植物，而且有一些凶猛的大鸟，他们的喙如镰刀那么长，指甲也是长长的，他们都很贪吃，也很残忍。要是飞到了那里，就谁也回不来啦。”

“那你是怎么回来的呢？”多嘴野鸭突然发问，然后对整个大会说，“你们不要相信他，他在撒谎。昨天夜里他对妻子说的恰恰相反，他想独自享用北方的财富，他想独自去那里生儿育女。我无意中知道了他的险恶用心。”

“你怎么胆敢在大会上败坏我的名誉？”鹤一声吼，向多嘴野鸭扑去。等那些大鸟想起要救多嘴野鸭，鹤已经把他揍得半死，把他的爪子都弄脱臼了。要不是来参加大会的鸟救了他，说不定他早就没命了。

“鹤老爷子，你不该生这么大的气，不该揍可怜的多嘴野鸭。我们不赞成你这么做，因为多嘴野鸭也是鸟类大家庭中的一员。你瞧，你把他揍得只剩下一口气。不，从今往后我们再也不相信你了！”

众鸟重又议论起鹤的所作所为，由此得出结论：鹤要是说了真话，他绝不会对一只小鸟下如此狠手。显然是可怜的多嘴野鸭未能控制住自己，道出了鹤说过的话，因此很有必要再派一个人到北方去。这次最好是让老鹰去，因为他精明，勇敢，飞行的速度快，视力也好。给他一年的期限。多嘴野鸭嘛，就让他治病好了，由鹤来负责他的吃喝，叫他以后不敢再由着自己的性子胡来。这是大会作出的决定。

老鹰向北方飞去。整整一年过去，第二年的春天，他就回来了。众鸟又集中到了一起。老鹰说他在北方找到了一块又宽敞又凉爽的地方，那里的食物很多，最适宜生儿育女。那里根本就没有鹤所说的那种凶猛的大鸟。

众鸟很快就集中起来，要飞往北方。就在他们刚要动身的时候，一只瘸着腿、翅膀脱臼的多嘴野鸭来到他们跟前。

“诸位老爷子，”他说，“我有话要说。去年鹤当着你们大家的面，因为我说了真话而无缘无故地狠揍了我一顿。你们现在也看见了，他把我揍成了什么样子。你们现在就要飞走，可我这个样子能到哪儿去呢？没有了你们，我在这里必死无疑。请你们以关爱的目光看看我吧,老爷子们。在你们还没飞走之前,看我该怎么办好！”

“是啊，他说得有道理。”众鸟说，“的确，没有我们在身边，他是活不下去的。而让自己的兄弟死去，这对我们来说是奇耻大辱。因为他的病是鹤一手造成的，而且鹤还对我们大家撒下了弥天大谎，那鹤就应该接受惩罚：让他从今往后一直都必须把多嘴野鸭驮到北方去，到时候又驮回来。”

就是从那时起，众鸟飞往北方又往回飞时，鹤都驮着多嘴野鸭。因此鹤很少能飞到北极圈地带，因为他背上驮着重物，体力不支。老鹰呢，因为他立了功，被大伙儿推崇为英雄。

家鼠和田鼠

（拉脱维亚）

一天天气晴和，一只家鼠从地板下面钻出来，去看望亲戚田鼠。

“喂，你好！还认识亲戚吗？”

“你好，你好！怎么能不认识你老兄呀！啊，贵客光临寒舍，太叫人高兴了！你怎么能找到这里呢，没迷路？”

“怎么会迷路呀！不过老弟，你最好先说说，那堆东西是什么？”

“那是一堆长了芽的粮食，我唯一仅有的食物，我的面包田。”田鼠抱怨说。

“哎呀，我的天，这就是粮食，”家鼠有些惊讶，不无自豪地说，“要只有这么一点儿粮食，我早就饿死了。老弟，我的生活跟你这里简直有天壤之别：早饭吃肉，中午吃腌猪油，晚饭吃酸奶油。而且这些我都能在厨房里找到，就在洞口外。我的生活与你的相比，那简直是天堂。你快上我那里去吧，咱们一块儿过好了。”

“好吧，那咱们走！”

夜里，兄弟俩从地板下面出来，问蛐蛐道：

“蛐蛐，蛐蛐！猫在家吗？”

“不在，上里加卖鼠皮去了。”蛐蛐回答说。

“这么说，还正是时候，”家鼠大喜过望，“老弟，你就留在这洞口等我，我去弄东西来，你负责往洞里搬运。”

但家鼠刚走出两步，猫便扑了上来。幸亏这次家鼠跑得快，一钻便进了洞，要不然他的美好生活就该结束了。

“哼，没事儿，”家鼠安慰田鼠，“我们以后到贮藏室去，到那里去吃腌猪油。”

他们钻进贮藏室，可在那里他们也不得手。主人打开门，一只狗马上扑向这哥儿俩！田鼠眼看事情不妙，赶紧返回家，并说：

“依我看，与其战战兢兢地享受你的美味佳肴，还不如回去吃我那发了芽的粮食，这样还更安全稳妥。我是自食其力，你却是靠别人为生。再见了！”

译后记

记得年少时候，我曾多次缠住大人，要他们给我讲童话。

等我当上父亲，儿女们也缠住我，要我给他们讲童话。看来，凡是儿童都爱听童话。

于是，我早就发愿将来要编一本童话书。

上世纪八九十年代，机缘巧合，当时我还在国家图书馆工作。因为借阅方便，我几乎阅尽了用俄文出版的世界各国、各地区、各民族的民间故事图书和报刊，收集并翻译了近 1000 多个民间故事，其中包括大量的动物童话。

这些动物童话，用拟人化的手法描写了动物的善良、勇敢、聪明、伶俐、愚笨、狡猾、胆小和自私暴戾等种种天性，以及在这些天性基础上所构成的相互之间的关系。故事格调轻逸，富有情趣，适合儿童和学生阅读，也适合家长和教师讲读，对陶冶儿童天真善良、纯真无邪的性格，扩大他们的知识面和培养他们良好的品质，都是不无裨益的。值得指出的是，由于一种动物收录多篇童话，自然就屏弃了那种脸谱化的现象。在一般故事里，兔子胆小，狐狸狡猾，这似乎已成定论；可是在这本书里，有忠厚的兔子，有聪明的兔子，有黑心肠的兔子，不用说也有胆小的兔子，这才真正反映了动物多姿多彩的内心世界。

大千世界有三千多万种动物。如果说，一种动物一个童话，那也会有三千多万个；何况其中有些动物，像狐狸、狼和兔子，关于它们的童话何止一个十个。所以，我敢说，我所选译的这些童话远不及所有动物童话故事的万一。

但如果这套书能受到大小读者的欢迎，那我会感到无比的欣慰。

译者

2017 年 6 月 20 日

于中央民族大学南路紫竹斋